家族終了

无以为家

消亡现场 日本家庭

〔日〕酒井顺子 著

朱田云 译

人民文学出版社
PEOPLE'S LITERATURE PUBLISHING HOUSE

著作权合同登记号　图字 01-2022-0503

图书在版编目 (CIP) 数据

无以为家：日本家庭消亡现场／(日) 酒井顺子著；
朱田云译. 一北京：人民文学出版社，2022
　ISBN 978-7-02-017511-6

　Ⅰ.①无…　Ⅱ.①酒…　②朱…　Ⅲ.①随笔—作品集—
日本—现代　Ⅳ.①I313.65

中国版本图书馆CIP数据核字 (2022) 第177576号

责任编辑　**朱卫净　陶嫒嫒**
封面设计　**李苗苗**

出版发行　**人民文学出版社**
社　　址　**北京市朝内大街166号**
邮政编码　**100705**

印　　制　**山东新华印务有限公司**
经　　销　**全国新华书店等**

字　　数　79千字
开　　本　850毫米×1168毫米　1/32
印　　张　4.875
版　　次　2022年11月北京第1版
印　　次　2022年11月第1次印刷

书　　号　978-7-02-017511-6
定　　价　39.00元

如有印装质量问题，请与本社图书销售中心调换。电话：010-65233595

目 录

前 言 003

1 爸比，我爱你 011
2 我家的烦恼往事 020
3 嫁进来的媳妇是变形金刚 029
4 我体内的奶奶基因 037
5 生存所需的家务能力 045
6 家政课应该教什么？ 053
7 希望有人担心我 060
8 家庭旅行是一场修行 068
9 称呼表现身体 076
10 长子的作用 083
11 盂兰盆节的意义 090
12 父母的工作、孩子的工作 098
13 家传的妙味 105
14 放开父母的手 113
15 "一个人"的家庭形态 121
16 假想的家庭 130
17 何谓事实婚姻？ 137
18 新的家人 145

结 语 151

前　言

　　生病治疗的哥哥终究还是"走了"。对我而言，称得上"家人"的，一个都没有了。人们常把自己出生、成长的家庭称作"原生家庭"，由结婚等方式组成的家庭被称作"再生家庭"。我的原生家庭，除我以外，都已不在人世。

　　对我而言，家人已经全部消失。

　　虽然哥哥留下妻子和一个女儿，但她们是我哥哥的再生家庭的成员，对我而言并非原生家庭的家人。虽然有个男人和我同居，但我们之间不存在婚姻关系，也没有孩子，所以在我心中，"家庭消亡"的感触与日俱增。

　　我三十多岁的时候，父亲过世。四十多岁的时候，没有了母亲，原生家庭的成员只剩下哥哥和我。"兄弟姐妹"这种关系往往会随着长大成人而渐渐变得形同"外人"。哥哥和我的关系不算差，也没有特别好，一直保持着最低限度的往来。

　　"养育我们的家……"

　　关于原生家庭的话题，我从未和哥哥聊过。时光已然流逝。

　　哥哥过世后，我突然意识到：对我而言，"哥哥走了"其实意味着我的原生家庭消亡。

　　"我们家的土豆炖肉是用牛肉还是猪肉？说起来我们家吃不吃土豆炖肉这道菜？"

"为什么我们家没有发压岁钱的习惯？是因为抠门还是有什么特别的家规？"

……

诸如上述无关痛痒但又忍不住好奇想知道的有关家庭的种种问题，我已经无人可问。有关原生家庭的记忆只存在于我那孱弱的海马体①之中，仅此而已。

如果我有孩子，就可以在自己的再生家庭里移入关于原生家庭的记忆，以此种方式与故去家人的灵魂联结起来。比如为孩子做一道母亲曾做给我吃的汉堡肉，将"家的味道"延续下去。又比如言谈措辞、礼仪习惯、教育方式乃至更换毛巾的频率、吃年夜饭的具体时间等生活细节，都可以在与配偶相互磨合的过程中，在再生家庭中延续。

然而我没有再生家庭，关于家庭的记忆会在我这里终结。哥哥的女儿还很小，估计没有留下有关她父亲的原生家庭的记忆。我死以后，我体内仅存的家庭记忆将会消失殆尽。

话虽如此，如果问我是否因此悲伤、寂寞或感到无奈，我的回答是"倒也没有"。事已至此，别无他法。我们家不是名门望族，也没有特殊的技能或招牌需要继承，即使消亡了也没什么。

在如今的日本，有类似感觉的人应该不在少数。正因为有太多人像我这样——即使身处家庭消亡的现场，也对家庭记忆的消失感觉不痛不痒——所以日本的人口才会越来越少吧。

日本人向来能够从身有"所属"的状态中找到幸福感。作为

---

① 海马体，又称海马区，是人类大脑的组成部分之一，负责学习和记忆。

公司的一员、地区的一员……成为某个团体的成员被视为平安无事活下去的基本条件。为了活下去，最重要的便是从属于家这个团体。

如果接触以前的小说或电影，就会很容易地发现，为了让自身与家这个团体的联系不断绝，日本人真的非常努力。比如把"结婚"称作"安身"①，换言之，未婚者的"身体"是软趴趴的一坨，只有拥有配偶之后，才算有了主心骨。

父母会对儿子施压："你该快点儿'安身'。"

做儿子的如果没有组建家庭，就意味着没有家可以传续。父母会反复灌输"不结婚的人无法独当一面"这一想法，催促儿子快点儿结婚。

另一方面，父母向女儿催婚的时候会选择"拾掇"②这个词。

"我家女儿终于'拾掇'好了。"

"我家闺女还没'拾掇'呢，真发愁。"

有女儿的父母会这样说。到了适婚年龄却依然单身、"赖"在原生家庭里的女儿会被视为"不正常"且不幸福。适婚年龄的女儿应该尽早转移到别的家庭，换言之，是应该被"拾掇"的存在。

如今，如果有谁还在使用这种措辞，估计就会被那些特别讲究政治正确性的人严厉斥责。但是在以前，人们是故意以这种刻薄的方式向单身者施压，让他们不能优哉游哉地只考虑自己。年

---

① 日语原文为"身を固める"。
② 日语原文为"片付ける"。

轻人到了适龄阶段，就必须从原生家庭转换至再生家庭，变更自己的所属关系。

如果做子女的没有组建自己的再生家庭，"家"就无法存续下去。"必须让家存续下去"的想法在我们这一代已经消失了？以前的父母会对子女施加压力，现在的我们可能无法理解：为什么以前的人那么希望"让家存续下去"？父母不会说什么特别的理由，而是用"向来如此"之类的说法让儿子"安身"，把女儿"拾掇"到别人家里续添香火。万一自己无法生育，哪怕是收养孩子也要让家庭延续下去。

为了让家存续下去而收养孩子，这种行为如今已不多见，在以前却是再正常不过。顺便提一句，我父亲也是被过继到酒井家的——没有子嗣的酒井家一共收养了两个儿子，我父亲便是其中之一。我父亲的亲生父母其实和他住得很近，但他终究是在与亲生父母年龄相差甚远的养父母身边长大的。我真想对他说："爸，你太不容易了。"

然而我父亲离开亲生父母、尝遍寂寞孤单而过继到的那个酒井家，如今要因为我这个不孝女儿而走上"家庭消亡"的穷途。虽说这也算是时代的大趋势，但着实可谓双重的悲哀。

这种情况让我明白：与祖父母那一代相比，我们这一代对家的感知已经发生了巨大变化。明治时代出生的祖父母不惜收养孩子，"移花接木"也要让家存续下去。酒井家的养子结婚后儿女双全，有了哥哥和我，原以为可喜可贺，能让这个家存续下去了，然而世事难料。

祖父母一代"必须让家存续下去"的想法在我们这一代消失

了吗？思考这个问题的时候，我首先想到的是人世间幸福观的转变。在祖父母时代，身有"所属"就是幸福。幸福不是个人可以求得的东西，必须通过从属于家庭或地区之类的"团体"才能获取。他们认为，一旦团体消失，便无法获得幸福，因此才会那般渴求家的存续。

然而时代在改变。第二次世界大战时，日本人被要求为了"国家"这个最高团体而去奉献，甚至被灌输为了团体去死也属幸事的观念。然而战败后，从美国输入日本的个人主义扑面而来，日本人"幡然醒悟"：原来可以追求个人幸福啊，原来身有"所属"并非幸福，甚至什么都不是啊，所谓"所属"其实是一件特别憋屈的事……日本人的想法逐渐转变。

二战后的日本人不再相亲，而是选择恋爱结婚。越来越多的女性选择外出工作，大家纷纷追求个人的快乐、充实。我父母正是深受影响的一代。我父亲小时候是信仰"天皇陛下万岁"的"军国少年"，战败后却彻底转变。据说他大学时代曾在美军基地打工，学会了英语，赚到了在当时的日本算得上高薪的报酬。

我母亲比我父亲小十岁，是接受战后所谓"民主教育"的一代，会毫不犹豫地选择追求个人幸福。他俩是恋爱结婚，"最重要的是让家存续下去"之类的家庭教育自然也就从未有过。

整个日本，最希望家庭存续的应该是天皇家。但即使对天皇而言，让家存续也是极大的难题。平成天皇有三个儿子，当初大家都以为天皇家可以就此安心了，但没想到除了天皇次子，其他儿子都是晚婚。最要命的是，今后要继承天皇之位的孙辈——天皇那三个儿子所生的孩子——只有一个是男孩，也就是天皇次子的妻子在三十九岁时不可思议地生下的那个宝贝男孩，如今成了皇室的独苗。

最希望家庭存续的天皇家尚且如此，普通家庭如果再不把这件大事加以重视，肯定更加难以实现"让家存续"的愿望。以我的朋友来说，所有兄弟姐妹都已结婚且有孩子的，绝对是少数。

正因为深知"让家存续"有多难，所以以前的日本人会把男孩和女孩、长子和其他孩子区别对待。他们会从小灌输给孩子这样的意识：长子将来要"继承家业"，其他孩子无论男女，"迟早要离开家"。

然而，二战后，因个人主义思潮的汹涌，这样的教育观念越来越弱势。对家庭制度不满的年轻人追求完全的个人生活，越来越多的人不愿被家庭束缚，而是追求属于自己的快乐。

我们家正是在所谓经济高速发展的昭和时代因两个年轻人结婚而组建的家庭。在那之前的年轻人必须与父母指定的对象结婚，但我父母的婚姻是自由恋爱的结果。据说他们的父母也曾反对，可对于恋爱中的年轻人而言，父母的意见毫无意义——他们只是遵循内心的意愿而"想要在一起"，完全没考虑"让家存续"之类的问题。

在我的儿童时代，父母从不曾有意识地教过我关于"家"的意识。我不知道他们是怎么教育哥哥的，但至少我不记得他们对哥哥说过"你是长子，将来要继承这个家"之类的话。当然，他们也从来不曾给过我诸如"希望你在别人家做个好妻子"之类的教育。

我唯一记得的是母亲曾说过："女人结了婚就得做家务，现在没必要做。"她从不让我帮忙做家务。母亲似乎也曾想过，"女儿迟早要出嫁"，但她并没有因此而认为"为了婚后不丢娘家的脸，女儿要早点儿开始学做家务"。不知这是时代趋势还是母亲的个性使然。

母亲曾教导我："最重要的是享乐。"

她还说："我在学生时代就尽情玩乐，可开心了。你也应该这样。"

对于思春期的女儿，她从没规定过必须几点出门、几点回家。这种教育方式比较类似富士电视台曾经倡导的"不快乐的人生不是人生"。

托她的福，我在上世纪八十年代玩得很开心，而且因为过于自由，反而懂得自制。虽然有时也会玩得过头，但从没惹是生非地招来警察。我能度过这样的青春，也许要归功于父母大胆地"放任孩子的自主性"。此外，"女孩不用做家务"的教育方式反而会让我"自己想做"，迄今为止，我从没厌恶过做家务。

我并非只看结果，但父母所谓"对自己负责，追求个人幸福"的教育方式确实很难达到实际效果，尤其是在组建家庭这方面。对年轻的我而言，追求个人幸福就是"只求享乐"。青春岁月里，我把所有精力都投入追逐潮流、交往异性、健身旅行等方面。

母亲的时代与我的时代有一点儿不同。在母亲那个年代，大家都固执地认为"人总是要结婚的"。女性无论在青春期如何享乐，等到了二十几岁，"女人的生存之道只有结婚"，总要通过某种方式"拾掇"自己。

但是我所处的这个时代，与身有"所属"带来的幸福不同，人们更重视自由带来的幸福，于是婚事被一拖再拖。我母亲曾经以为："顺子和我一样，到了一定的年纪，总会结婚的。"但事实并非如此。

在我二十几岁的时候，女性若想追求快乐，就可以一直坚持做自己。"人总是会结婚的"这种想法已不再是主流，那些"啊呀呀，好开心，啦啦啦……"手舞足蹈、玩到疯狂的人，父母是拦不住的，对他们而言"组建家庭"意味着"放弃快乐"。当时的我总觉得"还可以再等一等嘛，不想放弃眼前的享乐"，于是继续寻欢作乐，等意识到问题严重时已年过半百。如果是在以前的年代，已然到了寿终就寝的岁数。

那些曾因养育孩子而放弃了快乐的朋友如今大多有了优秀的下一代。孩子们会为父母换灯泡、做饭菜、宴请客人……个个是青年才俊。但我总觉得，当他们的孩子有了再生家庭，进一步的分裂仍在所难免。

相形之下，对我而言，失去原生家庭的那一天就是我的"家庭消亡"时刻。仔细想来，家人所在的家至此消亡，我第一次体验到了。

因此，我打算重新思考关于"家"这个话题。对我而言，"家"是什么？在当代日本，"家"有什么功能？……当"家庭消亡"的警钟响起，或许正因为没有了家，有些事才能提笔写下。

1

爸比，我爱你

2018年1月，草津白根山①爆发。作为一个热爱草津的人，当时的我正全神贯注地看新闻。

自智能手机普及以来，身处事件或事故现场的人所拍摄的鲜活影像总能实时出现在电视新闻上。关于那天的草津，有很多小视频被播放出来，其中一段由身处滑雪场缆车里的游客所拍摄的火山喷发视频，给我的印象特别深刻。

在那段视频中，人们坐在封闭的缆车里。车外，火花与飞石交错。一个看着像是拍摄者友人的年轻人正在打电话，电话另一头是他的父亲。年轻人神情紧张，讲述完当时的危险情况，说了句："爸比，我爱你。"

虽然在火山喷发时这样说不大合适，但比起火山喷发，这句"爸比，我爱你"更令我震撼。那年轻人已不是小孩，而是成年人。且不说成年人叫出"爸比"是否合适，单是大庭广众之下对父亲大声说出"我爱你"这种举动，就足以令我感慨当下亲子关系的变化。

近在咫尺的火山喷发，死亡的威胁迫在眉睫。此时此刻，对

---

① 位于日本群马县的一座活火山。2018年1月，该火山曾多次喷发。

父母表达爱意，算是人之常情。但我这一代以及上几代的人完全无法想象一个大男人对父亲说"我爱你"，最多说一句："老爸，辛苦了。"

即使是十几岁的我，身处同样的状况，也一定不会说"我爱你"。即使我的词汇库里有"我爱你"这句话，也不会处于"时刻准备好"、能脱口而出的状态。即使真有需要，哪怕拼了命，最多也只能挤出一句"谢谢了"。

看着那个爱着"爸比"的年轻人，我不由得感慨：父子终于成了朋友。在我处于他那个年纪的时代，年轻人到了一定的年纪，大多叛逆，和父亲对着干才是家常便饭。"与父抗争"对年轻人而言是成长的仪式，只有经历过那段叛逆期，才成为真正的大人。

一旦开始叛逆，男孩对家长的称呼就会发生变化。比如我哥哥，小时候称父母"爸爸""妈妈"；上中学后渐渐不叫爸妈，后来甚至完全不叫；读大学的时候却又突然开口称"老爸""老妈"。我这个做妹妹的当时还莫名其妙地替他害臊。但现在想来，那正是哥哥蜕变、成长的过程。

现在的年轻人也会反抗父亲，有人也和以前一样，在叛逆期甚至称母亲"老太婆"。

但我觉得，突然进入叛逆期的孩子，现在比以前少了。朋友们的孩子大多进入了青年阶段，很多人都说"我家小孩没有叛逆期"。据说很多孩子和儿童时代一样，无论青春期还是青年阶段，和父母的关系都很好。

在有的家庭里，母亲一直工作，孩子与父亲接触的时间比较多，这样的母亲会说："比起和我，孩子和爸爸更亲呢。"如今的年轻人觉得父母都一样，不会去反抗或试图超越作为"强大存在"的父亲，可以像朋友一样相处。

我大学时加入了体育部。如今体育部的学生们仍和当年一样与父母相处融洽，而且无论比赛是在东北还是九州岛，父母们都会大老远地跑去为孩子们呐喊助威，赢了会哭，输了也哭。

当年的我却觉得又不是奥运会，故而从没想过叫父母去看比赛。就算父母主动提出"想去看"，我也肯定回答："别去！怪丢人的！"与当年相比，如今的亲子之间确实近了很多。

在学校俱乐部的某场活动上，一名宣布退役的大四学生当着全场观众大声说："最后，我要感谢的人是——我的妈妈！"不仅如此，他还把母亲叫到台上，热情相拥。

当时，大学的领导、前辈、师长，很多人都在场。见此情形，当然表露不满。但那对母子旁若无人，满脸幸福。

对此，我的态度和师长们一致："这算什么嘛！"在别的国家，无论是当众大叫"我的妈妈"还是上台拥抱，也许都不算稀奇。但或许是因为我自己没有孩子，日子过得散漫，所以没想到日本的亲子关系已经发展到这种程度了。

后来，我就这个现象问朋友们："你们怎么看？"

"简直难以置信！那种公开场合，在感谢自己的妈妈之前，难道不应该先感谢前辈、队友甚至后辈吗？居然还上台当众拥抱！脑子坏掉了吧？"与我年龄相同、家有女儿的男性生气地表示。他当年也是体育部成员，素来认真、严谨。

"好恶心，还真有这种过分爱妈妈的男人啊！和这种男人结婚的女孩真可怜。"家有女儿的三十多岁女性如是说。

不过，女性对与母亲举止亲昵、不因此而感到羞耻的男人似乎褒贬不一。

一名已婚无孩的同龄女性说："都说现在的男孩不会隐藏恋母情结，看来是真的。但那个做妈妈的也真是的，居然当众和儿子搂搂抱抱……"

我深感庆幸。

对这种行为感觉不妥，并不代表我就是无情的、没有孩子的女人。但当我把同一件事情说给另一部分有孩子的同龄女性朋友时，她们却有不同的反应。

"嗯，我懂。"

"很正常嘛。"

她们或许还会感到奇怪，因为我是这样问她们的："竟然有这种事！你能相信吗？"她们的回应用词比较含糊，但绝对没有"否定"的意味。还有人告诉我："我儿子高中参加橄榄球队，每个赛季的最后一场比赛结束之后，男孩们像抱起公主那样抱着母亲合影是惯例。妈妈们都很期待那一刻，儿子们也都不会反感。"

所以结论是："和妈妈拥抱一下很正常。要知道，养大一个儿子很辛苦。"

对同一件事，朋友们的态度居然差异如此之大，令我愕然。但后者都有一个共同点：她们生的都是儿子，且母子关系很好。

其他生了儿子的妈妈的说法更令人吃惊。

"我要把他养育得以后离不开我。"

"我已经好好教育过了，他很明白，这个世界上最为他着想的女人只有妈妈。"

原来如此。即使是在儿子面前，母亲也是女人。有孩子的人常说："不生孩子的人不会懂。"但对于我这个无孩女人而言，她们面对儿子所表现出来的女性意识和占有欲恰恰是最令人难以理解的部分。

皇室秋筱宫①家的真子公主与平民小室圭订婚的新闻播出后，报刊上登出很多诸如"小室的母亲称他为王子"②"小室和母亲的关系很好"之类的图片和逸闻。虽然曾有人说他有"恋母情结"，但这些表现如今看来算不上"恋母"，养育出与自己亲近的儿子的母亲往往会听见这种评价："儿子听话，真叫我羡慕。"

回想我母亲养育儿子的态度，似乎没对儿子有特别强烈的爱。我母亲是个女性意识很强的女人，即便到了人生的最后阶段，也始终追求属于自己的女性路线，对儿子似乎没怎么上过心。也许正因为她的女性意识太高，所以儿子表现如何，根本不能令她有满足感。说起来，在我小的时候，别人家那些普通的贤妻良母都不会和儿子当众拥抱。

也许以前的母亲其实也想和儿子拥抱，但又为"对儿子的感情不能外露"这种意识所囿。

在我母亲那个年代，人们对"恋母"的禁忌感比现在强烈。母亲和儿子稍微走近，就会被说成儿子"恋母"；儿子也不会像现在这样"明目张胆"地搂抱母亲。母亲出门在外，会特别注意

---

① 秋筱宫文仁亲王，现任德仁天皇的弟弟。
② 小室圭曾在"湘南江之岛海王子"大使选拔赛中获胜。

控制自己对儿子的疼爱与占有欲。

后来，"恋母"不再被视为坏事。随着"少子化"①问题日益严峻，这年头，有孩子的家庭庆幸"万岁"。孩子是稀有的存在，理所当然被当成宝贝。

另一方面，家庭破裂的情形越发恶化，亲子和睦的价值陡然提升。难怪很多人会在社交媒体上频频晒出"我们家是如此幸福"的照片或视频。

现在的日本年轻人当着外人面提及自己的父母时，理所当然地不用谦称，而是使用原本只用于称呼他人父母的敬语。一方面是因为时下的年轻人不喜欢说谦称，另一方面也许是因为现在的孩子们事实上很喜欢自己的父母。

前两天看到一个电视节目，播放完一段年轻艺人回老家看望母亲的录像，画面切回坐在演播室里的艺人，他开口就是"我家令堂……"由此可见，现在的年轻人已经想当然地把"令堂"用作正式场合的委婉语了。

我觉得有必要对语言上的这种误用作进一步考察。

不管怎么说，日本的亲子关系确实改善了。经历了从明治时期至今的一百五十多年，亲子之间如今可以脱口而出"我爱你"，可以当众上台热情相拥——估计伊藤博文②万万想不到会变成今天这样。

---

① 指生育率下降、幼儿人口逐年递减的社会现象。

② 日本明治时代的政治家。1894年发动中日甲午战争，强迫清政府割地赔款。1907年强迫朝鲜签订《丁未七款条约》，使朝鲜完全失去主权，沦为日本殖民地。1909年在中国哈尔滨火车站被朝鲜爱国人士安重根刺杀。

我们可以从明治时代的小说中发现，在以前的日本，父亲是特别显眼、高大的存在，家庭的结构纵向发展。但是后来，特别是二战后，父亲的地位急转直下，家庭结构横向发展。

正因为以前的家庭结构是父母在上、子女在下，所以子女会在青春期前后出现叛逆情绪？如今横向化的家庭中，亲子之间不再是上下关系——当亲子地位渐渐变成一条横线，即便母亲的名字叫"顺子"，孩子也可以像叫朋友一样唤其为"小顺"，或干脆直呼其名"顺子"。事实上，这种情况已非常普遍。

与那些亲子关系良好的家庭相比，我讶异地发现，我们家的关系从未"进化"。如果我好好地结婚生子，也许如今也可以被儿子"公主抱"了。在我那个年代，原生家庭虽然是纵向结构，但婚后仍可以组建没有上下关系、平等相处的横向家庭。

但是我既没有组建新的家庭，也没有跟上与时俱进的家庭观念，难免会对如今那些亲子关系良好的家庭形态大惊小怪。

前几天，我看到一个年轻朋友在社交媒体上晒出"公主抱"奶奶的照片。那位奶奶看相貌应该七十多岁了，当天是她的生日。也许是人生中第一次被男人"公主抱"，照片上的奶奶满脸洋溢着幸福。

那张照片令我震惊的是，不止于父母与子女的关系，连祖父母与孙辈的关系也变得如此平易、亲切。莫非"公主抱"已成为一项家庭福利……

越来越多的年轻人会毫不犹豫与直系亲属进行身体接触。不过我很好奇，他们与非直系亲属的身体接触是否也如此积极？换言之，他们对恋爱对象是否也会轻易地"公主抱"？再怎么热爱母亲，比起年长的母亲，男人肯定还是更喜欢抱起年轻姑娘吧？

然而我并没有听说现在的年轻人多么热衷于恋爱，也没有看到"停止少子化"的任何迹象。这究竟是为什么？

思考这个问题的时候，我的脑海中浮现出一个假说："年轻人的爱，都给了妈妈。"男人在恋爱的过程中可能会遭对方拒绝或被对方伤害，但母亲一定不会拒绝儿子的"公主抱"。母亲永远不会拒绝儿子。对男孩来说，妈妈是"绝对不会拒绝自己的女人"，因此可以百分百放心地表达自己的爱。而且，当拥抱的对象是妈妈时，男孩不会有任何"被误会"的危险，比起和女孩搂搂抱抱，自然少了很多"麻烦"。另一方面，与儿子亲亲抱抱，也给了长年累月过着婚姻生活的妈妈们一股活力之源。

判断标准仍停留在昭和时代的我看到那样的年轻人，多少有些吃惊，同时深感"也许这才是原本的人性"。遥想昭和时代，亲子之间"显得生分"才被视作正常。如果关系太好，就不会有需要"超越、取代"的父辈了。

我自己对父母从未有过所谓"爱的表现"。父亲生病时，是母亲一个人在照顾他，我完全没帮忙，也没对他们说过任何感谢的话。毕竟平时都习惯了那样，以致在该说出口的时刻，竟完全说不出来。

母亲差不多是突然离世的。她被送进医院的重症监护室，处于病危状态时，我回想起自己当初在父亲临终时什么都没说，不禁深感愧疚和后悔。据说即使到了生命的最后一刻，人的耳朵还是可以听见的。于是我鼓足勇气在母亲耳边小声说了句"谢谢"。迄今为止，母亲为我付出的一切，只换来那轻轻的一句话。

　　呜呼，能够对父母高喊"我爱你"的人、能够热情拥抱父母的人都是幸福的。现在，人们都知道：爱与感谢，如果不化作言行，就不可能让对方知道。年轻人的上述姿态对我而言太过耀眼。虽然对他们的言行诧异地表示了"嗯？"，但那背后也许隐藏着我的嫉妒之情，因为我再也没有可以大声说爱、可以热情拥抱的家人了。

2
我家的烦恼①往事

　　上一章，我提到那种没羞没臊、想当然地与母亲搂搂抱抱的男人。之所以对那种男人感到吃惊，也许是因为我自己和父母的关系算不上良好。我和父亲不亲，也不黏母亲，始终与父母保持着一定的距离。

　　我从小和父母、哥哥及奶奶，一家五口地生活在一起。"一个家有俩娃"是经济高速发展的日本昭和时代家庭的典型模式，但与奶奶同住、三代同堂的家庭在当时的东京仍不多见。我们家五口人同住的状态一直持续到我上大学、奶奶过世。

　　一间木造平房里的五个人——更拥挤的时候，还有一条狗和两只猫——这就是我家。也许有人会联想到《海螺小姐》②一家"阖家欢乐、其乐融融"的情形……但我家不是。仔细想来，我家堪称烦恼之家。

　　父亲出生于昭和时代初期，自称孩提时代是"军国少年"，战后却突然成了在教科书上乱涂乱画的一代。母亲比他小十岁，

---

① 此处原文为"火宅"，以佛教用语比喻俗世多烦恼。
② 1946年发表的四格漫画，1969年改编动画片播出，讲述一家七口同住的故事，被视为日本二战后家庭生活的缩影。

接受的是战后教育，性格开朗、开放，从众多男友之中选了看起来比较可靠、成熟的父亲结婚、生子。

然而，父亲婚后态度发生转变。原本以为会宠爱娇妻的他摆出一副昭和大男人的模样："但凡我说是黑的，即使白的也是黑的。"只要他不乐意，就可以几个星期不说话。他是一个把好恶写在脸上的人。

如果是与他同龄的妻子，也许会选择默默地顺从丈夫。但我的母亲婚前生活在一个自由的家庭，接受了自由的教育，本性极度崇尚自由，于是两人间不断发生龃龉。我读初二的某个晚上，"大战"终于爆发。

记得那天是周六，我正在偷听深夜广播。因为害怕被发现，所以把音量调到最低，还躲在被子里听。也许有人会问："干吗不戴耳机？"可当时的我是个反应迟钝、见识少的中学生呀。

那天晚上，怒气冲冲的父母分别敲响我和哥哥的房门。

"出来一下。"

我心想：难道偷听广播被发现了？

惴惴不安地来到客厅，却见父母眉头紧皱，气氛十分紧张。当时的我还颇为纳闷：偷听广播而已，至于气成这样吗？

父亲先开口："你妈妈喜欢上了别人，我们决定离婚。"

他如此宣布。

听到父亲突如其来的宣布，我自然大为吃惊。但我记得很清楚，当时我的心情更偏向于："哦，并不是很意外……"

当时的我完全没有崩溃感，没有哭着央求"不要离婚"。

只觉得"啊？这样哦"。

如此而已。

母亲几天前说什么和女性朋友外出旅游，这么看来，那是骗人的。我心想。

我为何会有"并不是很意外"的念头？也许有人会说，那是为了"让自己不至于太受刺激"而采取的自卫式反应，但其实是因为这件事对我来说并非毫无先兆。母亲是追求"快乐"的人，自学生时代，身边的男人就没断过。好几次，我被带去和她的男性朋友一起吃饭——无所谓叫"约会"也好，叫"密会"也罢。我还常听她提及"某某夸我呢""某某给我买了这个"……所以对我而言，从小就习惯了"母亲和父亲以外的男人交往"，更何况我并不认为那是"坏事"，所以对母亲"喜欢了别人，所以要离婚"并不是很诧异。

然而我们家能够接受母亲不贞的只有我一个人。自父亲宣布要离婚后的第二天起，我家就成了烦恼之家。原本就会为了一点儿小事而大发雷霆的父亲遇到母亲"变心"这样的大事，自然不会慈眉善目。没过多久，母亲回了娘家。我也跟着去了外婆家，还在那里上过一阵子学。父母进入所谓的分居状态。

过了一段时间，母亲主动提出："我决定回家。"

不知他们夫妻俩达成了什么协议，总之，我和母亲回到了原来的家。

毕竟是木造的平房，面积并不大，没有多余的房间让夫妻俩分房睡。于是，不久前还在和别的男人交往的母亲又和父亲同床了。

当时还是中学生的我看在眼里，完全闹不明白。看着整天没事人似的做家务的母亲，闹不明白的感觉越发强烈。

又过了一阵子，母亲主动问我："你知不知道我为什么决定回来？"

"为什么？"我问道。

"因为你奶奶太可怜了。"母亲回答。

父亲的养母当时快九十岁了。

"丢下老太太一个人，我实在不忍心，决定回来照顾她。"

听到这种理由，我先是觉得意外："虽然出轨，但对老人还是很孝顺嘛。"又觉得难以置信："居然不是为了孩子？"常听人说，夫妻闹离婚的时候，很多人会因为"孩子太可怜"，觉得"至少等孩子上了大学"而暂时"停战"。一般而言，夫妻之间的纽带常常是孩子。

可我的母亲回家竟不是"为了孩子"，而是因为"老太太可怜"。对我奶奶来说，这当然是好事，但母亲回家"不是为了我和哥哥"，这让我多少有些委屈和寂寞。"虽然是母亲，但不会放弃做女人"的新观念与"必须照顾婆婆"的旧观念并存于我母亲的心中。

风波暂歇，表面上恢复如常，家里人再也没人提及与母亲出轨相关的话题。父母从不曾告诉我和哥哥那个男人是谁、母亲与他是否已经分手。

但我知道。因为自那之后，还是会有"那种电话"打来家里。那时候没有手机，只要拿起电话分机，就能听到母亲与那个男人的对话。

"居然还没了断！"

虽然感到讶异，但因为我的立场是"母亲想做什么都可以"，所以选择听之任之。

但现在想来，我觉得"父亲好可怜"。虽然他脾气不好，和孩子不亲，但作为一个出生于昭和初期的大男人，遭遇妻子红杏出墙这种事，他一定特别难过。他最终原谅了母亲，和她携手走到生命的终点。如今，我早已成年，很想对他说："爸，你真不容易。"

因为母亲出轨而受伤的，主要是我们家的两个男人。母亲六十九岁时突然过世。守夜那天，哥哥和我在老家的客厅里进行了一场畅所欲言的谈话，那是我们兄妹俩成年后第一次坐下来好好地聊天。那晚，我们的话题就是母亲的过去。

父亲入土后，恢复自由身的母亲又交了好几个男朋友。其中有一位A先生，在母亲过世前不久曾和她一起去滑雪场及海边；母亲过世前几天，A先生还为我们家的家宴下厨；母亲过世当天，他也来到我们家，哭得比我和哥哥更伤心。

那天晚上，哥哥说："以前他们闹离婚的时候，那个人莫非就是A先生？"

我对母亲的男朋友们都比较熟悉，断言道："不是他。A先生是母亲学生时代的男朋友，现在纯属一起出去玩的朋友。闹离婚时的那个人肯定另有其人。"

我见过母亲的很多男朋友，唯独没见过让她闹离婚的那个人。那次风波过后，我曾试着找过母亲的女性朋友，还装出顺便问一下的样子，想套她们的话，结果只是徒劳。

对哥哥而言，无论当年那个男人是不是A先生，他都不喜欢。

我却觉得，有个人能陪伴单身的母亲一起玩，到处走走，身为子女，应该感谢。这种前男友多好。但身为男性的哥哥始终无法欣然接受母亲的"玩伴"。

后来我才意识到，这是因为我和哥哥的立场不同。

试想一下，换作父亲出轨的女性在母亲过世后一直往我们家跑，我肯定也会心生厌恶。

聊天时，哥哥望着远方，若有所思。

"老妈当年曾经打算不要我们吧？"

在此之前，我们兄妹俩从没聊过那次离婚风波。那一夜，我第一次意识到，因为哥哥是男性，所以母亲的出轨让他深感受伤。

母亲在外面有男人这件事，对同性的我而言，可以理解为"对丈夫不满的主妇想和别的男人交往"。虽然当时我只是中学生，却有着与她共情的理解力与想象力。但当时已是高中生的哥哥觉得："妈妈不要我了。"唉，哥哥好可怜。

我立刻反驳："不是的，哥！"

我的理由是："当时她让我们选，跟她走还是留下。她当时问过我们，你记得吗？她没有也没想过一个人离家。"

那场离婚风波距今已三十年。我不知道自己的这番解释能否治愈哥哥持续了三十年的伤痛。这么说也许有些夸张，但当时四十岁的我真心实意地觉得"必须救哥哥"，同时深感：对男孩来说，母亲真的很重要。

哥哥不善言辞，和父母的关系也不太好，我原本以为他是最不可能恋母的类型。但现在看来，也许他原本是有恋母情结的，不过因母亲出轨而受了伤，所以故意选择了与母亲保持一定距离的生存方式。

没想到母亲过世对哥哥的打击竟然超过我。

哥哥偶尔会想吃我们小时候母亲做过的饭菜："好想吃老妈做的牛肉饭。"哥哥竟然是眷恋着"妈妈味道"的人！

我嫂子从没吃过，不知道那牛肉饭的味道。能再现那味道的只有我。因此哥哥来我家的时候，我偶尔会做给他吃。

对哥哥来说，母亲是又可爱又可恨的存在吧？嫂子的性格与我母亲正好相反，是个淳朴、本分的女人。我觉得，正因为经历过那场离婚风波，哥哥才痛感"不喜欢那样的女人"，于是选择了与母亲的类型完全不同的女性。

哥哥不喜欢母亲吗？我不觉得。相反，我认为哥哥生前一直向往着母亲。

对我而言，母亲是"有趣的生物"。母亲的朋友曾经说过："你妈妈和你的关系是不是颠倒了？"

换言之，母亲一直像个小姑娘，吵吵闹闹的。我却沉着、冷静地看着她闹，有时还会管束她。

对此，我并不否认。我觉得，既然母亲一直很闹腾，如果我和她一样，甚至比她还闹腾，就没法收拾了。于是我不得不保持沉着、冷静。长大以后，我更像是在做实验——放纵母亲任意妄为。我倒要看看，她能闹腾到什么程度？

这样的我其实也渴望着普通的家庭吧！但什么算是普通？解释起来好像比较麻烦。在我那个年代，普通的母亲必须"放弃做女人"，比如昭和时代家庭伦理剧中京冢昌子①的模样。

总是待在家里，耐心等待家人；从不突显自己作为女人的一面；俨然出生时就是老母亲般的存在感——也许这就是我所憧憬的普通母亲。

相比之下，我母亲至死都是女人。就像离婚风波中她自己所说的那样，她照顾了婆婆，后来又照顾了自己曾经背叛过的丈夫，还把家里收拾得井井有条。除此之外，她在其他方面始终自由、任性。现在的我会觉得，受人欢迎——换言之，由众多异性"认证"她是个女人——对她来说就是一种身份。拥有这样一个勇于实践"同时作为母亲与女人"的母亲，做女儿的我自然很难走寻常路。

哥哥选择了"早早和贤慧的女人结婚"这种自我保护式的人生，而我一直对家庭抱有不信任感。无论结婚还是生子，女人始终是女人。同样地，男人结婚生子后也始终是男人。住在同一屋檐下，吃同一口锅里煮的饭，心思却有可能迥然不同。作为那样一个母亲的女儿，以后的我会怎样？我不知道。

不婚的我在三十多岁时出版了《败犬远吠》，书中絮絮叨叨地说出自己不婚的理由，但因当时父母健在，故而没把母亲出轨这段烦恼往事写进去。虽说对结婚、对夫妻关系抱有不信任感，但也许在我内心深处的某个角落里其实强烈地憧憬着只在幻想世界才得以存在的"美满的夫妻"。也许是这种不清不楚的情绪总时不时地冒出来困扰我，我才会离婚姻越来越远。

---

① 日本昭和时代的女演员，主演日剧有《等我一年半》《黑色断层》等。

把自己的不婚怪罪到父母头上，这确实不太好，但毕竟省事，所以我决定，就这样吧。

　　如今我的家人都没了。每当感到失落、迷茫，我就会像花万喜①广告中那样在心中大喊："妈妈！"我不知道自己呼喊的"妈妈"是我的亲生母亲还是像京冢昌子那样只存在于幻想中的、日本人的理想型母亲。但无论是哪一种，都不会再有人听到。

---

① 日本老牌的味增酱料品牌。

3

嫁进来的媳妇是变形金刚

　　最近我觉得不少同龄的女性朋友都迎来了"媳妇能力"的沸点时刻。随着"嫁龄"增长，我能感受到她们的蠢蠢欲动——即将从媳妇的约束中解脱。固然有人会说对"媳妇"这个词不满，被称作媳妇时会感到委屈……但不可否认，"嫁"的概念确实存在至今。即使妻子自身已经不觉得是"嫁进来"的，但在丈夫这一方看来，始终会有"嫁进来的""嫁到我们家的"之类的意识。

　　据说年轻人群体中也很流行用"媳妇"这个词，比如经常听到搞笑艺人说"俺媳妇"。这种"嫁进门的小媳妇"意识显然违反女权主义者的主张，她们的说法是："'嫁'这个字写作'女'字加个'家'，意思就是要把女人拴在家里。"

　　与以前相比，日本的媳妇们如今少了很多负担。以前，三代同堂被视为理所当然，嫁了人的女人二十四小时都是"嫁入"的人家的媳妇，只有在同房时才被当成"男人的妻子"。

　　到了我所处的时代，比起"嫁进门的小媳妇"，已婚女性更多的是作为男人的妻子，只有逢年过节去婆家时，才偶尔当一下小媳妇。

　　不过她们也因此会深感已然不同于以前媳妇的辛苦——因为

只是偶尔当一下小媳妇，所以更难以适应那种状况了。我的那些朋友，要么和娘家人住在一起，要么和娘家离得很近，把待在婆家的时间压缩至最短。

岁月流逝，嫁进门的小媳妇不断成长。媳妇不可能永远是媳妇，等到公婆过世，有儿子的人在儿子结婚后，就会"变形"为另一种存在：婆婆。不再是嫁进门的小媳妇了，便会获得不同以往的力量。

我的朋友们尚处于"变形"前的阶段。年轻时作为嫁进门的小媳妇，她们吃了不少苦。虽然不至于出现很久以前那类明目张胆的虐媳事件，但对方毕竟是原本毫无关系的外人，同为女人的媳妇和婆婆毕竟难以和睦相处。于是很多媳妇都把逢年过节去婆婆家当作一种艰苦的"修行"。

一位嫁入豪门的朋友曾哭丧着脸说："年夜饭的每一道菜都得自己做……"

她每年除夕前得赶到婆婆家，一进门，就得忙着做年夜饭。年轻时玩得比谁都过头的她，面对豪门婆婆却只能唯命是从，一边毕恭毕敬地说着"是，妈妈"，一边把蔬菜切成堪称装饰用的精致小块。

年复一年，熬到她公婆过世。操办完公婆的葬礼，这位朋友感慨道："我觉得自己终于从媳妇身份毕业了。虽然不能告诉老公，但我真的很开心。"

现在的她可以自信而又自负地说："作为媳妇，我一直做得很棒。"

她如此不断地提升自己的"媳妇能力"。

那模样让"媳妇能力"为零的我感觉厌烦。不曾参与结婚对象的家庭中这样那样的故事、自由散漫惯了的我有些生气。

人，通过获取工作而走向社会，但社会并不仅仅是工作的场所。如果说开展经济活动的场所是公共社会，那么与家人共处的场所就可称为私人社会。

人，自出生以来，首先属于自己的家庭和亲属这个私人社会。婚后，结婚对象的家庭及其亲属也会进入私人社会领域。已婚者揣摩着完全不同的家庭的做派，借此磨砺着身为私人社会中人的经验。

我虽然进入了公共社会，却不曾拥有已婚者的私人社会。年轻时，我虽然去过男朋友家里玩，但没能和对方的父母好好交流；我不通人情世故，做人也不够机灵；我的父母推崇"自由主义"，在他们的养育下，我的家教也不是很好；我曾在大夏天光着脚"吧嗒吧嗒"地踏进男朋友的家，令对方的父母目瞪口呆。

不过他们还是大方地招待我吃了顿饭。我试着客套了一句："我来帮忙洗碗吧。"他们也客气地表示："不用，坐着吧。"我立刻信以为真，一屁股坐到沙发上开始玩游戏机。我很肯定，我离开后，他们一定不会说："这姑娘真不错。"

我有个朋友，高中时的"媳妇能力"就很强，能在短时间内和男朋友的母亲熟络起来，还会带上围裙去他们家下厨做饭。后来她和男朋友分手了，他的母亲比他本人更舍不得她。

站在男朋友的立场，和吃完饭自顾自地坐到沙发上玩游戏机的女孩相比，肯定是陪自己母亲一起洗碗的女朋友更好吧？"媳妇能力"强的女孩通常都嫁得比较早。

老天爷大概看到我根本没有做媳妇的才能，于是见证着我至今没结婚。不会有婆婆撞上我这种媳妇的。真心觉得这样也好，过年不用去别人家里。这让我觉得挺不错。

过年跑去别人家里装出幸福的模样卖力干活的那些媳妇，我觉得她们是在积功德。她们吃得苦中苦，晚年可享安泰。

另一方面，也有不少女人出嫁后没有做"小媳妇"，特别是当下对媳妇概念的理解程度，个人差异和地域差异都很大。当差异大到一定的程度，就有可能引发悲剧。

比如一位东京的女性朋友嫁了个鹿儿岛的男人。去鹿儿岛过年时，男人总在宴会上把酒言欢，女人却只能始终在厨房里干活。受不了每年都这么过年的女人最终选择了离婚。

她曾说过："以后我儿子结了婚，我会跟他说过年不用回来。和外人一起过年？我已经受够了。"

还有一位朋友嫁了个老家在东北多雪地区的男人，每年都得跟着丈夫回雪国过年。

"偌大的家中，只有一间屋子有暖气。一大家子，所有人，一整天都得挤在那个房间里，实在受不了……"最后她也选择了离婚。

虽然我同意，哪怕一年只有一次，去婆家那样过年也绝对是受罪。但另一方面，我也同意，儿子若"一不小心"娶了东京的媳妇，公婆其实蛮可怜。在一些地区理所当然的事，对另一些地区的人而言也许就无法接受。

总的来说，媳妇的地位在上升。翻阅昭和初期的杂志时，我得知某个山村里仍存在"男尊女卑"。在那里，女人的地位比牲口更低，使唤女人比使唤马匹更理所当然——以前的日本媳妇确是如此。

与那样的年代相比，现在的媳妇可谓翻身成了"宝"。如今在企业中，为了避免年轻职员离职，也为了不被称作"黑心企业"，有的老板对待员工像对待客人那么友善。同样地，在家庭中，为了不被媳妇嫌弃，越来越多的丈夫尽量不让媳妇去自己的老家过年或干活。

称呼方面也有变化。以前的婆婆会直呼"我儿媳"，现在会用"我儿子的太太"之类的尊称。而且，媳妇这个词总在媳妇不在的时候才会使用——如果媳妇就在身边，做婆婆的会避开媳妇这个词。

现在有很多婆婆为了不被儿媳讨厌，都在努力成为所谓"民主的现代婆婆"。我母亲——姑且不论结果如何，但至少她生前——也曾这般努力过。

上文已经说过，我母亲刚结婚就和婆婆同住。她的婆婆，也就是我奶奶，不是那种会说媳妇坏话的人，她总对邻居说："我儿子娶了个好媳妇。"虽然我很质疑："奶奶真是这么想的？"但母亲似乎很高兴地听见奶奶这么对外人说。

她的儿子，也就是我哥哥结婚的时候，她也曾做过同样的尝试。但可惜的是，她居然对我嫂子直白地说："因为我婆婆从没有说过我的坏话，所以我也不会说你的不好。"

我听到这话，心想："这样不行吧。"因为这句话的潜台词是："其实我是想说的。"甚至还有"自夸"的意味："是我选择了不说。所以，你看，我这个婆婆够好了吧？"嫂子情性温和，温柔地回应道："是吗？谢谢您。"但我觉得这不过是句客套话，是故意说给那个想做"好婆婆"的人听的。

经过了那件事，我深感"幸好我没有做谁家的媳妇……"但同时也会想：古往今来，到底是什么东西让婆媳之间总有隔阂？作为媳妇，"升级"的机会只有一次，就是自己儿子结婚、娶媳妇的时候。原来的媳妇会"升级"为婆婆级的管理层。做了多年媳妇的婆婆，看着自己的儿媳就像看着部下，只要有不顺眼的地方就会挑刺。而媳妇那一方也会把婆婆看成令人讨厌的上司。

其实根本原因在于：媳妇和婆婆是"爱着同一个男人的两个女人"。请原谅我写得有些露骨——婆婆可能会自以为了不起地觉得"这个男人是从我双腿间钻出来的"，媳妇则会自信地主张"这个男人会进入我双腿间"——双腿间的一出一进，男人则被她们撕裂开来。

每当看到我的朋友和她们的孩子在一起，我都能感受到母亲对儿子的期待比较特别，特别是一些对丈夫有着强烈不满的母亲，会毫不犹豫地表示："儿子就是我的恋人。"还有的母亲表示："我要把他养育成爱妈妈的孩子。"

话虽如此，儿子到了一定的年纪，肯定会和不知从哪里来的女人如胶似漆、翻云覆雨、难分难舍。对于把儿子当作"恋人"的母亲而言，多少会感到不舒坦。

母亲的失落还在于，她无法把这种不悦的情绪尽情流露。女儿结婚的时候，大家看到板着脸的父亲，会笑说："爸爸是在吃醋吧？"但当儿子结婚时，如果母亲板着脸，大家就绝对笑不出来了，反而会掩嘴议论道："这种婆婆一定很刻薄吧？"

为什么父亲板着脸会被当成可爱，母亲板起脸就成了刻薄？我觉得还是和大腿有关。做父亲虽然会把女儿当成自己的恋人，但女儿不是从父亲的双腿间钻出来的。父亲只是提供"种子"的人，因此那种"属于自己"的占有欲会淡薄很多。

相比之下，从某种意义上来说，母亲是经由双腿而拥有孩子的人，所以占有欲会更强烈。想象一下，那种剥离掉带着黏稠感的"属于自己"之物的感觉是不是血淋淋？

作为天生的敌人，媳妇和婆婆的交恶始于双方共有的某种异样心理。但是媳妇会随着时间而改变。在很多家庭，当公婆老去，媳妇就会在家中渐渐掌权，最终变成有实力的存在。

歌舞伎中的"女形"正因为不是女人扮演，才能演得比女人更女人。媳妇也是一样。正因为原本不是这个家里的人，才会拼命学习这家的规矩，最终成了最像"这家人"的人，甚至可以号令整个家族。

另一个原因是女人比男人更长寿。大概率情况下，都是丈夫先过世，于是外面嫁进来的女人老了以后，就成了掌权的"母皇"般的存在。

曾经努力想做个所谓"民主婆婆"的我母亲在我父亲过世后，曾这样对我描述她的晚年生活："万一有必要，可以把这个家卖掉，把我送去老人院。"她说这话时的语气很轻松。对母亲而言，她嫁进来的这个家，也就是我的老家，是可以卖掉的。公婆过世，媳妇当道，想做什么就做什么……她从没想过要把房子留给孩子，这让我有些吃惊，也让我见识到了"媳妇能力"的终极形态。

同龄的朋友中，有些人的儿子还没结婚，有些人的婆婆还健在，但她们都极具潜能。听她们对儿子的女朋友评头论足，我感觉她们已经很有做婆婆的派头了。有时我也会加入她们一起瞎聊，体验一把当"虚拟婆婆"的感觉。

　　不过我会时刻提醒自己：我没有儿子，也没有媳妇，不能让这份做婆婆的感觉越来越强烈……但我总觉得，如果我朋友的儿子结了婚，我一定会加入她们，一起说媳妇的坏话。

4

我体内的奶奶基因

我有爱惜纸张的习惯。复印纸要双面使用；擤过一次鼻涕的纸巾不会马上扔掉，总要反复用很多次。

说到理由，与其说是为了保护地球环境，倒不如说是小时候养成的习惯。因为我从小和明治时代出生的奶奶一起生活，经常把广告纸裁成正方形用来折纸，还折了拆，拆了再折。画画用的纸张也是广告纸的背面。既然只是在家里自娱自乐，如果特地费钱去买那种花色繁多的折纸或正儿八经的画纸，就会觉得很浪费。

每次看到那种弃纸巾如流水（其实我也爱好节水）的人，我都觉得好浪费，难以容忍。当然，在对方看来，反复用同一张纸巾擤鼻涕的我一定使人觉得很不卫生。

因为曾经和比我年长七十七岁的奶奶一起生活，所以养成了这种习惯。上文已经说过，我和奶奶并没有血缘关系，但一起生活久了，奶奶的基因仿佛刻入我的骨髓。我常常感觉奶奶仍活在我的身体里。

像我们家这样三代同堂，在东京实属罕见。自我出生后，家里变成五口人，直至奶奶过世。那是我一生中拥有最多家人的时期。

想当年，我们一家五口住在小平房里，卫生间和浴室各只有一个……如果只提这些，也许会给人以海螺小姐一家其乐融融的错觉，其实家人之间的关系并不太好。不过这一点，倒也让我感慨良多。

奶奶的作用好似缓冲区。无论父母吵得有多凶，无论兄妹俩闹得多不可开交，奶奶总是静静地坐在矮桌边抚摸着小猫、小狗，似乎渐渐远离人类的领域，成了神一般的存在。

奶奶总是穿和服，扎丸子头，和"坏心眼的老太婆"（长谷川町子[①]）一样打扮，像漫画中的老奶奶。这样的老奶奶如今已成为日本传说或历史书中的生物了。很多做奶奶的觉得被叫作老奶奶似乎会有一股高龄者的气味，于是喜欢孙辈叫她们"巴阿巴"[②]。我母亲甚至拒绝被叫作"巴阿巴"，让孙辈直呼她的名字洋子。

而我的奶奶则是真正的老奶奶。从我记事时起，奶奶就是老奶奶了，我从没想过她以前并不是老奶奶——那时候，我还不懂人是渐渐变老的。

奶奶的气场总是平和的。如今的我可以想象她心中肯定掀起过惊涛骇浪，但当时的我什么都不明白。

我觉得那是一种因"谛念"而带来的宁静。因为她儿子（我父亲）是养子，所以奶奶多少保持一些距离。嫁给她这种儿子的媳妇（我母亲）是"时下（当时）的年轻人"，玩心重。和这样

---

① 《海螺小姐》漫画的作者。
② 类似"奶奶"日文变形发音的音译。

一对夫妻共同生活，奶奶打从一开始就有"放弃"的念头：万事皆放手。

我母亲自新婚燕尔便与婆婆同住。我觉得这很奇妙。也许是因为年纪相差太多，价值观也大不相同，奶奶对作为媳妇的我母亲从未"管教"过。家里的实权几乎都移交给了媳妇，她自己变成隐居者。属于奶奶管辖范围的，只有佛坛和院子。

母亲生前曾说过："你奶奶完全没有一丁点儿坏心眼。"

我觉得，正是因为这样，母亲才会一边与婆婆同住，一边在外放纵。

总之，奶奶肯定觉得家里来了一位接受了战后教育的外星人媳妇，肯定觉得无论说什么都讲不通。加上耳背，她总是拿着放大镜，一边看报一边沉浸在自己的世界里。

父母关系紧张，身上仿佛总散发着焦臭味儿，于是我更加喜欢奶奶的那份娴静。家里属我最擅长与耳背的奶奶交流。小学时，放学回到家，我会和奶奶一起打扫院中的落叶，过着一休哥①般的日子。

我读大学时，奶奶于九十九岁高龄驾鹤西去。

"要是以前对奶奶更好一些就好了。"

后来我常这样想。

"要是多听她说些话就好了。"

也会这样想。

奶奶出生于明治二十二年（1889年），亲历过关东大地震、

———————————

① 小和尚一休，历史人物一休禅师小时候的名称。

第二次世界大战等对我来说仅仅是历史书上作为知识点的大事件。二·二六事件^①的叛军曾去过奶奶的老家附近……我好想听她亲口说说那些事。

我还想听她说说她小时候是个怎样的孩子、如何度过青春期、为什么和祖父结婚、为什么收养我父亲……

出生于明治二十二年的奶奶与出生于昭和四十一年（1966年）的我共同生活，这本身就是一种异文化的交流。奶奶出生的时候还是十九世纪，是《明治宪法》颁布、巴黎世博会召开的那一年。而我出生于昭和时代经济高速发展期，是披头士乐队来到日本、《笑点》^②开播的那一年。相隔七十七年出生的奶奶和我，在命运的捉弄下，虽然没有血缘关系，却住到了一起。奶奶知道那些不乘坐时光机就不可能知道的时代。

呜呼……好无奈。又过了一阵子，我突然意识到"这么下去可不行"。

当时我的外婆还健在。

外婆那年九十九岁。虽然看起来还很硬朗，但毕竟年岁近百，不知何时就会发生什么事，令我感到有话一定要趁早说。

当时我正好在写一本以"奶奶"为主题的书，采访了很多奶奶。我有意识地想道："何必舍近求远？我不是也有外婆嘛。"于是决定前去向她问个究竟。

---

① 发生于1936年2月26日的日本兵变事件。陆军青年军官刺杀军方高级官员，杀死两名前任首相。后来被镇压，叛军领导人被处死或监禁，导致日本法西斯主义猖獗。

② 日本综艺节目。

外婆于明治四十三年（1910年）出生于鹿儿岛。为了读女子大学来到东京后，遇到了外公，结了婚，后来一直住在东京。

我听她说起鹿儿岛时代的往事，很有趣。外婆和奶奶一样，自我记事起就是老奶奶。采访后，我才得知她刚来东京时非常紧张；父母曾反对她的婚姻；婚后，因外公出轨，酒量差的她曾酗酒，导致酒精中毒……我以前一无所知的很多事。当时我第一次意识到一个理所当然的事实：外婆也是人，更是女人。

也就是在那时候，我意识到：人，往往不会对家人倾诉自己的人生。做父母的尚且不大会对子女讲述自己的生平，更何况是祖父母辈对孙辈？自那以后，我常劝那些祖父母辈仍健在的人："真的很有趣，一定要趁他们健在的时候多听听他们的故事。"

外婆接受我采访两年后，以一百零一岁高龄离开人世。我的祖父母辈中，最长寿的就是外婆。外公已在二十年前过世，之后外婆便成了整个大家族的中心。

我很庆幸四十多岁的时候还有"婆婆"可以叫，经常去外婆家玩。

"我们顺子是不是又长大了？"

"天黑了，早点儿回家吧。"

她总把我当成小孩，这种感觉很幸福。

外婆辞世后，她的看护曾对我说："你外婆其实很挑剔。她喜欢男孩，最喜欢某某（我表哥），遇到不怎么喜欢的，她就说'天黑危险，早点儿回家吧'。"

这番话让我有了新发现。原来她对我说"天黑了，早点儿回家吧"，并非完全出于担心我的安危，而是真的希望我快点儿离开！

外婆晚年那些日子，我母亲已过世，我总觉得自己是代替母亲去她那里的。告诉百岁的外婆，她女儿已经先走一步？叫人如何承受这种打击……所以当她问起："洋子（我母亲）最近怎么没来？"我就骗她："她去英国旅游时在那边交了个男朋友，暂时不回来了。"

我总觉得，亲生女儿不去看她，她一定很寂寞……于是我代替母亲，带上她喜欢的食物去看她，想给她多一点儿来自"外孙女的关心"。但直到她过世之后，我才发现，原来她没那么喜欢我啊。也是，外婆更喜欢男孩，毕竟她也是女人嘛……我再次反省：怎么能把外婆仅仅当作老奶奶呢？带上她喜欢的食物去看她，以为她就会高兴？这种想法未免过于自大。

外婆刚从女子大学毕业就结婚了，除了外公，想必不曾有过别的男人。出生于明治年代的外公是典型的大男子主义。每次听外婆讲起外公，我都能感受到她吃了不少苦。

以前，我问过母亲："外婆是个什么样的人？"

她说："她是那种认为丈夫比孩子更重要的类型。"

外公确实非常帅，帅得不像是个日本人。即使曾经被背叛，外婆依然对外公一心一意。这种心情，我可以理解。她不是那种只要子女或孙辈可爱就会感到满足的女人。她更想爱男人、被男人爱……不愧是南国①女人啊。

我也会老去。既然没有孩子，就不可能成为谁的奶奶。但如

① 鹿儿岛位于日本九州岛最南端。

果顺利地老去，应该也能变成老奶奶。

到时候，如果周围的人只是把我视为老奶奶，我一定会心生不满。

"老奶奶，你要当心身体哦。"

"老奶奶，需要我帮你拿行李吗？"

受到"老奶奶"的待遇时，我也许会考虑对方的心情，装出欣然接受的模样。但其实我肯定会对年轻帅气的护工动心，或因想到了某种邪恶之事而坏笑。

到时候，我应该更能理解奶奶和外婆曾经有过的孤独感。不要给我贴上"老奶奶"的标签，对孙辈乐呵呵地笑未必是觉得孙辈可爱——我的奶奶和外婆一定都想这么说吧？

我家里摆着奶奶和外婆的相片，当然都是她们变成老奶奶之后的照片。对着那些照片，我会说："奶奶，外婆，我好想念你们。"

在我的脑海中，和照片上一模一样的奶奶和外婆都活在另一个世界里。但这只是我自以为是的幻想。也许在那个世界里，她们会脱下老奶奶的外衣，变回自己最耀眼时代的模样。

1988年，六本木的特利阿舞厅，吊灯突然落下，导致多人死伤。事故的第二天，在矮桌边看报纸的奶奶说："我要是年轻人，也想去这种地方呢。"我记得很清楚，当时正在读大学的我闻言大惊："奶奶居然想去舞厅！"

现在的我完全能体会那种心情。

也许奶奶正在冥界的舞池里、在华丽的台上尽情舞动。

也许外婆在另一个世界里与年轻时的外公再次相遇，对已经往生的儿女不闻不问，只顾含情脉脉地看着外公。当然，她也可能会看上其他美男子……

我好想和她们说说话。不是以孙辈面对祖辈的角度，而是同为女人，聊聊对家人的抱怨，说说恋爱的趣事。

等我去了另一个世界就有可能了吧。在那个世界里，如果她们都已变回年轻时的模样，也许我就无法认出她们了。虽然会有诸如此类的不安，但我还是期待着与她们快乐地重逢。

5

生存所需的家务能力

最近，好几位男性朋友都怨声载道地表示"不想回家"。

其中一名三十岁的公司职员家里有年纪尚幼的孩子。

"我就是不想回家，总是在网吧打发时间，或小睡片刻之后再回家。"

另一位朋友五十岁，孩子已经成年。

"我和老婆一直处于家庭内分居状态，尽量不碰面。会在公司消磨到很晚，或是去酒吧打发时间。"

他们的牢骚确实是不少工薪族的心声。媒体报导中也经常能看见越来越多的工薪族下了班不回家，到处闲逛一番才回去。

很多工薪族都因感到育儿或家务负担太重而不想回家，刚才提到的三十岁男性朋友即是一例。

"小孩虽然可爱，但上了一天的班回到家，马上又要照料小孩，真的很痛苦。总是想办法等孩子睡着后再回家。"

那位五十岁的男性朋友也差不多。

"即使处于分居状态，我也得做家务。不然我老婆发起火来实在可怕。"

"不想回家的工薪族"这种说法并不新鲜，早在昭和末期就已经出现"拒绝回家综合征"这种表述。

但我觉得，以前的"拒绝回家"和现在的理由不一样。以前的父亲是因为工作太忙，顾不上家务。父亲是工薪族的家庭里，"父亲不在家"导致"母子关系紧密"这种情况尤为突出。当时的全职主妇比现在更多，她们觉得："只要丈夫工作出色，不在家也行。"

（我在此加个说明：这句具有代表性的广告语首次在某广告中出现，并于1986年获新词及流行语大奖的流行语类铜奖）。

昭和时代的父亲们觉得公司才是他们最能发光、发热的地方。男人在外拼命工作，回到家里却没了位置，就变得不想回家了。

这样的父亲退休后就会难以离开妻子，甚至被形容为"濡湿的落叶"。他们不会做家务，让妻子们备感困扰，有些妻子还因此患上了忧郁症。

说起来，我父亲也曾有过这种倾向。他不是工作狂，但因为他的某些封建意识，加上性格比较难相处，使他与妻子产生了距离。一听到"嘎达嘎哒"的拉门声（因屋子老旧），刚刚还在客厅看电视的我和哥哥就会说："啊，回来了。"

立刻躲进自己的房间不敢出来。

母亲则沉着脸，一边开始准备晚饭一边发牢骚。

"还是你们好啊，有自己的房间，能躲起来……"

我觉得，昭和时代的家庭多多少少都有这种父亲在家不受待见、被妻子嫌弃的氛围。不过，不知为何，我父亲总比其他父亲早回家，或许是出于赌气，又或许是因为他在外面更不受欢迎。

二战前，日本俨然父权社会，父亲是"最了不起的存在"。所有人都顺从父亲，一家人就能抱成团。二战后，美国标榜的

"民主风气"吹到日本，父亲的地位日益下降，母亲的地位日益上升，孩子们都被赋予了反抗的自由。

不过，"父亲是神"这种战前观念好像幻肢之痛，战后依然存在。上世纪六十年代，父亲们被揶揄为"我的家庭主义"拥趸，重视家庭到了引人侧目的程度。在那些父亲心中仍存有"父亲是伟大的"这一想法，但又无法融入家庭，结果是反遭嫌弃。天真的父亲们因此出现了"拒绝回家综合征"。

昭和时代的父亲是因为在自己家里没有容身之地，才会去酒馆找老板娘。如今的父亲之所以出现"拒绝回家综合征"，理由与当年有所不同——他们是因为在家被妻子强迫着做这个干那个而感到痛苦才不想回家。

与昭和时代相比，如今外出工作的女性比例大幅增长，男女平等意识渗透至生活的方方面面。希望丈夫回家后帮忙做家务的妻子们在家中迫不及待地等待着。为工作、家务、育儿忙得团团转的妻子们发现丈夫也是家庭中的重要劳动力，但做丈夫的觉得这是额外的负担，因而选择渐渐远离家庭……

最近，承担家务的男性比例确实大幅增长了。如果妻子也工作，丈夫当然要分担家务。即使妻子是全职主妇，丈夫承担一部分家务也被视作理所当然的。

我家门口有一间幼儿园，父亲送孩子上学不再是稀奇事。我以前就读的小学如今还设立了"父亲会"，由父亲为孩子操办各种活动，据说宗旨是"一切为了孩子的笑容"。

我小时候，总是由母亲去参加学校的各类活动或家长会。关于孩子的一切，当时都是母亲的分内事。想想以前，再看看现在的父亲为孩子的笑容而奋斗着、不断深化着与孩子之间的交流，简直有隔世之感。

不过，我也听一位父亲有不同的评价。

"'父亲会'……其实是个大负担。"

举办各种活动，让孩子们绽放笑容，目的虽好，但每次活动的准备工作都非常辛苦。不过时下的家庭，父亲如果不参与育儿就会被看作旧时代①的异类，不得不投身于其中。

可以说，有史以来，日本的父亲们第一次真正参与了家务和育儿，终于切身体会到兼顾工作、家务和育儿的辛苦。与此同时，也出现了下班后闲逛在外的大量逃亡者。

妻子们当然会对这样的丈夫不满："你知道我有多辛苦吗？你下班后去外面游手好闲，家里的事都变成我一个人的负担！"

年龄段不同，家务观念也大不同。年轻女性认为，有一个能分担家务的丈夫是自己的本事。很多年轻的妻子热衷于在社交账号上展示丈夫为自己做的饭菜。

还有人炫耀："和朋友外出享用周日午餐。老公在家打扫。"

找一个把做家务视为理所当然、所谓的"民主丈夫"，或通过调教使得丈夫学会做家务，对年轻女性而言，都是值得夸耀的成就。

相比之下，上一辈的妻子们绝不会给丈夫增添家务负担。"家务是女人的分内事"这一观念在她们心中比较强烈，即便自己因兼顾家务和工作而疲惫不堪，也不想增加丈夫的负担。还有

---

① 此处日语词为"前近代"，相当于中国的明清时期。

的妻子觉得"让丈夫做家务是女人的耻辱"。丈夫主动要帮忙时，妻子会断然拒绝。

"男人不能进厨房。"

还丢出这样的理由。

有些年轻人至今仍秉持这种观念，反而是一些年长的男性觉得："只要是人，做家务就是理所应当的。"他们无需妻子强迫即主动分担家务。也许这与家庭教育、个人修养等因素相关。

有一位年轻的女性朋友，每天像奴隶一样上班、育儿、做家务。在丈夫面前，她疲惫、憔悴的面容是"帮忙一起做"的唯一暗示。然而她的丈夫无动于衷，反而因为厌烦了她的这副脸色而出轨——我还以为这种奇闻异事只会在昭和时代发生。

相形之下，我没有结婚，只是同居，想出差就出差，想独自旅行就独自去。那位年轻的女性朋友很羡慕我。

"同居的一方太善解人意了！"

她说出了这句话。女人应该待在家里，得不到丈夫或男人的理解就不能随便外出——她也才三十岁出头，却有这种旧思想。我很吃惊。

"我没有需要照顾的孩子或老人，更何况我不是他媳妇，需要他理解吗？我是靠上班赚钱养活自己的。出差或旅行，当然可以随自己的意。"

我不确定她是否听进去我说的话……

她母亲是全职主妇。把孩子拉扯大之后，获得了丈夫的理解，才能出去做兼职；获得了丈夫的理解，才能外出和朋友聚餐或旅行。没有获得男人的理解，女人就不能放下家务过自己的生活——我那位朋友正是在这种家庭环境中长大的。

对她而言，"太善解人意了"这句话是赞美。

对我而言，工作上、生活上向来都很自由，从没想过自己的言行还需要先得到谁的理解。她的想法令我感觉新鲜。

如今是需要夫妇互相理解的时代了。以前，丈夫一方将"理解"施于妻子，丈夫自己做任何事都无需获得妻子的理解。如今完全不同了。如今的家庭，很多是夫妻共同养育孩子、做家务。如果夫妻双方不能妥善地配合彼此的作息，就根本没办法共同生活。夫妻之间需要确认对方的时间表，调整接送孩子的时间，处理遇到的突发情况——诸如孩子发烧时的应对方案等。如果两边同时有餐会安排而无法协调，也可以叫长辈过来帮忙；如果实在没人帮忙，就得把"谁的餐会更重要"放上天平，共同衡量，直到有一方让步、放弃。

男人外出工作、女人在家做家务带孩子的那个年代倒是不会有这种麻烦。确实也有人把主妇视为"可以发生性行为的女仆"或"二十四小时全年无休的住家保姆"。家中若无主妇，家庭生活便无法正常展开，于是每当她们需要外出参加同学会或婚礼，就必须得到丈夫特别的"理解"与"许可"。

向田邦子的作品中，父亲下班回家可以自由行事。那个时代，父亲下班后和同事出去喝几杯或突然把朋友带回家，都是司空见惯之事。无论丈夫和朋友几点钟来家里，贤惠的妻子都能利索地端出几样下酒小菜。

后来，通信技术日益发达，父亲们的行为渐渐受到约束。1985年，日本电信电话公司发起"回家电话"活动，鼓励男性打电话回家告知妻子：现在回家或将在几点钟回家。

该活动的广告片里，西装革履、戴眼镜的工薪族使用的是黄绿色公用电话。

"喂？是我。现在回家。"

接着出现电话那头的妻子。妻子正笑呵呵地做饭。

实际上，使用公司电话打给家里的工薪族更多，但电信电话公司不宜鼓励大家使用公司电话处理私事，才在广告中设计了"使用公用电话"。

当年的广告词是："感谢你回家前打来电话。"

由此可见，在当时，妻子都对丈夫这种回家前打电话告知的做法心存感激。在那之前，丈夫从未想到提前告诉妻子自己的安排，最多说一句"今天不回家吃饭"或"今天晚点儿回家"，却不会告知接下来的具体情况。

以妻子的角度而言，不知该在几点钟为丈夫准备晚饭是一件很头疼的事。向田邦子的作品中，丈夫回家之前，妻子不能更衣休息，得一直等着。昭和末期的丈夫即使会晚归，妻子也不能先洗澡或上床。这些都是"感谢你回家前打来电话"的背景。

之后，随着时代的发展，有了更多、更便捷的通信方式。除了打电话，还可以发邮件或短信，丈夫不必再打公用电话，随时可以向妻子报告自己的行程——现在轮到丈夫寻求妻子的理解，获得准许后再行动了。

智能手机等通信工具的普及为夫妻关系带来了诸多变化。以前曾沟通不畅、责任失衡的夫妻如今可以通过事先了解对方的行程安排来商量做家务、带孩子的最佳方案。与向田邦子所处的时代相比，当下夫妻间的联系已经变得密切许多。

但是，另一方面，手机也轻而易举地在夫妻间制造着裂痕。将夫妻俩紧密联结的手机同时使得他们与各自配偶之外的人秘密而又密切地联结起来了。加上互联网兴起，妻子或丈夫可以与陌生人或旧相识直接取得联系，导致丈夫或妻子有可能瞒着对方寻欢作乐。

回到家，要做家务；即使做了，也会被妻子挑剔。这可能会让丈夫感到厌烦，渐渐不想回家，甚至用手机去勾搭那些不会强迫他做家务的年轻女人。同样地，妻子也可能会为了推卸家务或育儿的责任而借助手机寻求新的心动刺激……如此不胜枚举。

是不是有人觉得家务很简单，人人都会做？是不是男人们因此而小看了家务？

事实上，家务当然是重要、必要的工作。无法靠时间解决，老天爷也帮不上忙。若撒手不管，垃圾就会散发异臭，浴室就会变得黏滑。而且这份工作每天都不能停下，不被人夸奖，也没有报酬，可以说是一份黯淡的工作。

一旦男人意识到家务比他们原以为的要辛苦很多，会不会有所触动？向田邦子作品中任劳任怨、像奴隶一样从早到晚做家务的妻子，这年头已经稀缺了吧？我觉得男人们应该认清这样一个事实：即使他们故意晚回家，垃圾也不会自行消失。

6

家政课应该教什么?

我第一次上小学家政课是在实践课上制作杏仁豆腐。成品当然不可能很正宗，只是往牛奶里加入寒天①，再装饰一些罐头水果。但记忆中，和小朋友们一起做饭非常开心。

当时的我对于家政课的印象只有这个词的发音：KATEIKA。现在的我终于意识到，那其实是为了将来能妥善经营家庭而要学习的必要技能课，是重要的课程。

然而当时的我完全没想到自己以后将离开生我养我的那个家，去组建自己的家庭。我对结婚生子不抱任何希望，因此没想过要去深刻理解家政课的意义。我只觉得家政课是另一种形式的过家家，是玩儿，是其他课程之间的休息时刻。

将拥有家庭之后需要做的事开设为一门课程，给予孩子们相宜的教育。由此可见，日本以前的教育多么亲民。或者可以说，在以前的日本，成年人通过家政课的教学方式告诉孩子"家庭应有的样子"。

以前的中学里，女孩上家政课的时候，男孩需要上劳动技术课。学校这样教育孩子：女人在家做家务，男人外出去工作。不

---

① 从藻类萃取的食品，又称琼脂、菜燕、石花菜、大菜等。

过，这种明显的区别对待被诟病为性别歧视，后来的初高中家政课就成了男女必修课。

我觉得自己适逢"只有女孩上家政课"的最后一代。但我读的是女校，所以没怎么留意男女有别。倒是我哥哥，他读的中学是男女兼收的，我经常看见他上完劳动技术课回家拿着锯子、凿子做木匠活儿……

不过我哥哥后来没有当过业余木工。在这个一切都能购买到的世界，不再有男孩需要在实际生活中施展木工、制图之类的技术了吧？

而我总觉得，在女校家政课上学到的都是些没用的技能，特别是在中学的家政课刚开始的几个月里，一直在学习如何缝制日式浴衣。这是我觉得"中学时代最浪费青春"的一段时间。

我就读的那所中学，在家政课上学习"缝制浴衣"——所谓的日式裁剪——是中学一年级的必过门槛。教课的阿姨说的都是关于日式裁剪的各种术语，听得我云里雾里，总觉得上家政课是一种煎熬。我父母也不懂什么日式裁剪，每次我把功课带回家，都是让奶奶帮忙做完。

大家穿着缝制好的浴衣来学校展示时倒是很欢乐。但自那之后，我从没想过折腾什么日式裁剪，一次都没有过，也从没觉得掌握日式裁剪有什么必要。如今只剩下"上课时很煎熬"的记忆了。

家政课上，我还学过织毛衣。这对我而言也如同下地狱。记得有一年的寒假作业是织一双儿童袜。现在想来，其中也许暗藏着"刺激大家生孩子的欲望"这一意图。可惜，即使我上了这门课，依然对生孩子和织毛衣没兴趣。

更不幸的是，母亲和奶奶也都对毛线活儿没兴趣。到了最后，只能扔给像活菩萨那样和善的邻居帮忙织好。

就这样，家政课上的时光在我心里埋下了"家庭是个麻烦"的种子。也许那时候的教育理念中有一种"手工信仰"，才会让大家学习缝制浴衣、织儿童袜？

后来我了解到，在这个世界上，没有必要手工制作衣服。无论浴衣还是袜子，购买成品既方便又好看。当年有一段时期流行把手工编织的毛衣送给男朋友，但那些女孩并不是因为在学校学习了这门技艺之后加以应用，而是为了让自己更受欢迎才不断提高这门手艺。

又过了一段时间，很多男孩渐渐觉得收到手工编织的毛衣是一种负担，这才使得那股流行退潮。"明知他不会穿，还要继续织。"这种行为只会出现在经典老歌的歌词里。现实中，肯定是购买做工上乘的成品毛衣送给对方更讨喜。

据说家政课是战后新教育制度下诞生的科目。在那以前，孩子到了一定年纪，总是自然而然地被叫去帮忙做家务，比如用洗衣板洗衣服、在灶上煮饭，并没有特地在学校学习做家务的必要。

然而，当家务不再是一种强制性的劳动，而是出于经营所谓"民主家庭"的目的，人们就必须掌握符合当下需求的、合理的家务技能。因此，二战后，人们在学校教育中加入了家政课这门课程。

那时候，男主外、女主内是理所当然的分工。国家就是在这样的性别区分下向前迈进的，家政课的授课内容也是在这样的大背景下确定的。

之后，时代变化，"男人去工作、女人做家务"的模式出现了变化，双职工家庭形态使得夫妻双方都必须做家务。

开设家政课之初，人们总觉得孩子长大后一定会结婚生子、组建家庭。现在，这样的想法已经变得模糊不清。也许是因为再没有人教导年轻人如何才能拥有自己的家庭了，所以即使"应该拥有家庭"的念头很强烈，也仍有很多人选择不结婚。此外，比起和异性交往，有人宁愿选择与同性一起生活，换言之，家庭的形态已经不再单纯。

所有人都会和异性结婚；结婚后，男人会去工作，女人会做家务——这种观念导致有人认为："女人即使一辈子都不知道锯子怎么用也没关系。"

还有人认为："男人没必要进厨房。"

男孩和女孩分别上劳动技术课和家政课，也是这个缘故。

但如今的工作和家务需要男女共同分担。即使运气好，找到了愿意承担所有家务的配偶，在人生的百年时代中，一旦与配偶生离或死别，就大概率只能一个人生活了。所以无论男女，如果不具备最低限度的处理家务的能力，就无法快乐健康地生活。

我因此觉得，家政课如今反而变得更重要了。据说现代家政课的授课内容涵盖了衣、食、住的所有事项，其中最重要的是食。最近大家都在强调培养良好的饮食习惯，食之后才是衣和住。

当年的我厌恶缝制和编织，家政课的成绩都很差，做饭的手艺也很一般。但成年以后，在和男孩交往的过程中，变得主动要学做饭。我做饭的宗旨是：做自己想吃的饭菜。

我父母的夫妻关系虽然并不好，但在喜欢美食这一点上倒是颇具共识，这对我来说可谓幸运。虽说一起吃饭的时候也曾处于剑拔弩张的气氛中，但多亏我母亲做的饭菜甚是可口，我的性格才没有过于扭曲（我承认还是有些扭曲的）。如果在父母关系紧张之际，餐桌上再摆出让人强烈排斥的食物，那么对孩子而言，绝对是双重折磨。

也许我的这种想法已经不合时宜。

我母亲是全职主妇，爱做饭；我们家是三代同堂，餐桌上总能摆满各色佳肴；一日三餐以及点心，都是我母亲亲手制作……因此，我觉得这些都是理所当然且本该如此。

如今，我自己做饭时也喜欢把碗碗碟碟摆满餐桌，不喜欢看到有空当。但说实话，做这么一整桌的菜会很劳累。我是居家办公，又没有孩子，所以相对而言比较有时间做家务。但如果是有孩子又要外出工作的人，必然会吃不消。

人，肯定都想吃费时费力制作的美食。但如果每天都这么做，就会累得瘫倒。如果不得不在工作、家务、育儿各方面都得满分，女性的负担不知要增加几何。

所以经常听人们说："要学会巧做。"可以去超市买盒饭，也可以叫外卖。

我都同意，但又觉得如果给孩子吃超市的盒饭，那么孩子未免太过可怜了。

一边说着不能把家务负担都压在女性肩上，一边又觉得母亲买超市盒饭给孩子吃是委屈了孩子，这明显是自相矛盾。

这种自相矛盾的感觉也许是时代的产物。我父母那辈人，女性大多是全职主妇，父亲大多是专制的存在。孩子放学回到家，看到母亲在家里是理所当然，每顿都能吃到母亲亲手制作的满桌饭菜也是理所当然。我从没想过应该对母亲说一句："妈妈，您不用做这么多，偶尔也休息一下吧。"在我的内心深处，"男生上劳动技术课，女生上家政课"的观念早已深深扎根了。

我的很多同龄人仍受困于"家务活归女人"的观念。有的本身是家庭主妇，却说什么"我儿子如果和职业女性结婚，就要跟她一起做家务，太可怜了"。也有人像我这样，自己明明不是家庭主妇，却觉得"给孩子吃超市盒饭太委屈孩子"……

结束工作、疲累至极的母亲回到家还要为家人制作营养丰富的饭菜，这显然不太现实。我觉得日本人有必要降低对家务的高要求，特别是对饭菜的期待值；还要在"大家一起做家务"这一点上达成共识。届时，家政课的重要性就会进一步拓展，换言之，父亲也要能制作方便、健康的料理，而不仅仅是自己吃饱饭了事；孩子在高中毕业前尽量不吃垃圾食品，要学着自己做饭。

当然，必要的知识不止与饮食相关。如何进行垃圾分类？如何做到"断舍离"？如何打扫无法靠扫地机器人发挥性能、物品繁杂的小屋子？如何换灯泡？如何给电气设备接线？如何达成"自己弄脏厕所就自己去清扫干净"的共识……以及独自生活时所有其他必要的知识。诸如此类的家务不胜枚举，也许还有：如何对付蟑螂和诈骗电话？

无论日式裁剪还是西式裁剪，我觉得这些手工都已经没必要了，学会缝扣子就行了。如今，自己缝制衣服最多出于个人爱好。和裁缝相比，知道如何洗衣、晒衣、叠衣更重要。

以前家政课的基础是：只要母亲用爱心发电，一个人拼命努力，全家人就能过得滋润。家务能力并非"独自生存所必须的技能"。实际上，掌握家务技能绝不是坏事，而且我觉得，也应该为老人开设家政课。

每当看到妻子先行过世的老年男性，我就越发感到开设家政课的必要性。如今的老年男性大多是认可"家务是女人的分内事"那个时代的人。他们之中，很少有人会做家务，而且很多人似乎从没想过妻子可能会比自己先行离开人世。于是当剩下他们独个儿的时候，生活立刻陷入混乱。

倘若还有几分魅力，或者尚有不菲财产，老年男性可能会续弦或住进高级养老院。但那些普通的老年男性，一旦妻子先走一步，他们就只能日益消瘦或——相反地——越发肥胖了。消瘦，是因为嫌做饭、吃饭太麻烦；肥胖，则是因为贪图方便，只吃碳水化合物或油炸食品。

曾经在公司里呼风唤雨的老年男性一旦妻子先行离世，就只能每天吃垃圾食品。这让我觉得学校课程中最重要的也许就是家政课。无论数学、英语成绩有多好，都不能拿来过日子。随着家庭形态的不断变化，开设家政课的可能性也会越来越大。

反向思考，如果家政课上得开心，那么对家庭寄予梦想和希望的年轻人也会越来越多吧！

7

希望有人担心我

刚进公司的时候，前辈告诉我，职场上最重要的是"报告、联络、商量"。换言之，刚入职的新员工凡事要和前辈或上司多报告、多联络、多商量。

偏偏我很不擅长此道，觉得"太麻烦"。每次遇到问题，都使得问题停滞在自己这里，导致问题越来越大，就更加不想去找前辈或上司了。

其实"报告、联络、商量"的原则不仅适用于职场，在社会上以及在社会的最小单位即家庭中也非常重要。只要报告、联络、商量三件事做得好，一切就会顺畅。

我小时候，凡事都告诉父母。把幼儿园或学校里发生的事告诉父母，是一大乐事。

但是随着年龄增长，到了十几岁时，孩子的内心就无法向父母完全敞开了。有些话不能告诉父母，但可以对朋友说；还有些话对谁都不能说，只能任其在心中发酵、成熟，比如情欲或其他阴暗的欲望。而且，不能告诉父母的这个内心世界，其边界会越来越大。

我本来就不是性格特别开朗的人，一旦幼儿时代的天真无邪消失，在家里就几乎不开口了。加上我父亲是个暴脾气，我更觉得"万一说得不好，反而可能挨骂"。于是从中学开始，我有什么事情都会藏在心里。

前面提到，我母亲会把她的男朋友带来给我看，以致我以为有了异性朋友就应该介绍给家人。高中时，每次交往了异性朋友，我都带回家介绍给父母。有了真正的男朋友之后，无论约会还是去酒店，我都会至少告知母亲。但关于学习或成绩之类的正经事项，我就很不擅长"报告、联系、商量"了。只挑与性爱相关的事项，巨细靡遗地报告家长，似乎是我家的"家规"。

现在想来，我家还有一个古怪之处，就是不会限制孩子的任何行为。我读高中时，父母从不规定必须几点回家。暑假里，我去朋友家住了好几天，他们似乎也没怎么担心过。

高中时代的朋友曾这样问过我："为什么父母那时候都不担心我们？"

这位朋友已结婚生子，她非常操心自己的孩子。即使儿子已经上大学，按家规，他也必须每天十点回家，否则她这个做母亲的就会焦躁不安。自己做了母亲之后，她总觉得不可思议："我们读高中那会儿，晚上十点过后还能出去吧？怎么会有父母允许女儿半夜里出去？"

也许是因为以前的年轻人不像现在如此金贵。想当年，无论父母是严格还是宽松，多少都会觉得小孩随便养养，没关系。

相比之下，如今的孩子是稀缺宝贝般的存在，以致父母们都要精心呵护。如果出现侵犯孩子人权的行为，哪怕那孩子是自己亲生的，作为父母，也会受罚。为了让孩子少走弯路、少受伤害，父母总把他们当作"宫崎芒果"[1]，精心培育。

在我家，父母属于不操心的类型，我本人也是不让父母操心的孩子。那时候，很多同龄人曾经是不良少年，但我觉得那些人只是太寂寞，想博取老师或家长的关注，让他们担心自己，才故意不守规矩。

我恰恰相反，讨厌老师或家长对我的生活指手画脚。就算干了坏事，我也会巧妙地想办法遮掩。不知是幸还是不幸，也许是方法得当或运气太好，我干的那些坏事从没被老师、家长或相关部门的大人们发现过。学习方面，我保持中等水平，从没招惹老师把家长叫去学校。

这样的我，有时候也会觉得寂寞。在学校里，那些成绩明明很差或干了很多坏事的同学往往会得到老师的特别关照。老师会觉得那些孩子"本质是好的"，于是更加关心他们。相反，"无需操心"等于"没有存在感"。像我这种没老师管的，反而会羡慕那些让人操心的孩子。

在家里也是。比起哥哥，父母一致认为"顺子？不用担心她"。哥哥其实颇有长子的模样，脾气温和、敦厚。他一点儿都不怕被父母训斥，还会故意做错事并露出马脚，引得父母对我说："好担心你哥哥啊。"

那时候的我作为狡猾的老幺，总嘲笑他："干吗这样嘛？"然后躲在被父亲揍得浑身是伤的哥哥边上看好戏。

无论升学还是就业，哥哥都让父母操了很多心，而我总是自

---

[1] 日本宫崎县大力推广过的芒果品牌，曾经标出天价。

行解决问题。虽然有时也会遇到危机，但我认定了"事到如今，找父母没用"，于是瞒着父母，自行处理了。

包括入职、辞职，我都没告诉过父母，一直以来，凡事自己做主。我觉得他们应该担心过我的婚事，但看到我可以养活自己，也就放手了。

然而现在，当我长大成人而父母一一过世，我突然产生一个疑问："父母有没有珍爱过我？"我确实不曾给父母惹过麻烦，不曾让他们操心，但做父母的不是往往越被惹恼越宝贝孩子吗？

我绝对不想也从未把自己的内心展露给父母，但另一方面，又恬不知耻地把这些东西写成随笔，以此谋生。对于只有这种本事的女儿，做父母的一定很苦恼，不知该如何面对吧！

即使成了职业作家，我也从未向父母"报告、联系、商量"过工作上的事。得知他们悄悄去购买我的书，我还暗自高兴，觉得"到底是我的亲生父母"，但心里又会觉得，比起我，父母肯定更爱那个一直给他们添麻烦、让他们操心的哥哥……

我想起一件往事，那时母亲还健在。

我因工作关系，参加了一场年末演出的合唱表演，曲目是贝多芬的《第九交响曲》，会场设在东京国际研讨会中心。表演顺序为管弦乐、独唱、合唱。合唱人员众多，舞台上搭了好几排台阶。

当天的会场布置得很隆重，演唱者都是业余人士，人人热爱《第九交响曲》。听众们却似乎兴趣索然，是拿着赠票入场的。母亲和她朋友一道来看演出。

终于轮到合唱环节。我被安排在很高的台阶上，唱歌的时候一直担心自己会不会摔下去。即便如此，也很有成就感，感到乐曲激昂，时光美好。

演出结束后，我打开手机一看，有母亲发来的一条短信：

"今天辛苦了。刚才一直担心你会不会从台阶上摔下来呢。"

只是母亲式的短信，但看到短信的一瞬间，我顿觉心里充满暖意。一直以来，我都没让父母操过心，没想到长大成人后，母亲反而为我担心了。意外与欢喜交织的那一刻，我意识到，其实我是希望有人担心我的，只是因为怕被干涉，觉得麻烦，不想让父母担心，所以一直以来不向父母"报告、联系、商量"。于是父母渐渐习惯了，才对我放手不管，听之任之。但其实在我内心深处，也许是渴望他们来管我的。

参加合唱的那一年，我已经四十岁出头，母亲也六十多岁了，在亲子关系中，我已经成了需要担心父母的一方。无论哪对母女，到了这个年纪，亲子关系都会出现逆转。不管做什么，理所当然地都是我拥有主导权。

工作方面，我到了这个年纪已经不再需要周围的人为我担心。积累了长年的经验，且严格遵守交稿时间，所以周围的人都采取了放手交给我的态度，让我拥有较大的自主权。

偏偏是在我到了这个年纪时，母亲却像担心小孩一样，担心我"会不会从台阶上摔下来"，这真的让我很开心。我也有为我担心的父母啊……好像钻进了温暖的被窝。

合唱演出后的第二年，母亲过世了。后来每次听到《第九交响曲》，我都会想到她对我"最后的担心"。

我这辈子都不会再参与《第九交响曲》的合唱部分了，不是因为讨厌合唱，而是害怕再唱起它的时候会忍不住将视线投向观众席，会寻找那个为我担心的人，会泣不成声……

也许是年轻时太不让父母操心了，现在的我特别渴望被人担心。记得有一次，我和当时还是幼儿的侄女一起散步，侄女看到了一条狗，开心地喊着"啊，狗狗……"跑过去。我见状，立刻冲到她和狗之间拦住她，同时大叫："危险！"

结果那条狗朝我扑过来，是大型犬。我一个趔趄，摔了个四脚朝天。

"你还好吗？"

侄女的这句话让我心头一热——年幼的侄女已经开始担心我了，让我这个做姑姑的特别窝心。

若想杀死渴望被人担心的我，根本无需利刃。再过几年，哪怕是陌生人打来的一通电话、一句温柔关心的话，都可以让我乖乖地交出存款。

我的很多同龄人如今都处于担心之事最繁杂的阶段。对于已经长大的孩子，他们虽然不用过于操心，但还剩下最后一样担心之事：升学或就职。对于父母，则要担心他们老后的生活、看护问题……

无父母、无子女的我觉得这些朋友"真伟大"，因为他们是"担心的主体"，是家中不可或缺的存在。

"担心的主体"其实个个压力很大。很多朋友的情况是父亲先过世，只剩下母亲，而母亲往往会以言语或无言的方式向女儿施加"你应该多关心我"的压力，这让女儿越发感到身心俱疲。

聚会时，我总会听到她们的抱怨。

"我父亲在世的时候倒没觉得，父亲走了之后，我才发现母亲好难相处。"

"我母亲总是不分昼夜地给我打电话，不停地表现出'我好可怜'的模样。"

诸如此类。

我懂那些母亲的心情。夫妻同在时，家里尚有一个能容纳自己情绪的对象，有什么问题都可以在自家内部解决。然而一旦其中一人先行离世，留下的那个就会把矛头指向家庭的外部，特别是出嫁的女儿，往往成了母亲最爱抱怨、唠叨的对象。母亲总会直白地表达"你应该多关心我"这样的要求。

我家也一样。

"一个人吃饭其实没什么，我总是站在厨房里吃两口了事。"

父亲过世后，母亲独居，她总爱向我强调自己可怜的处境。一直以来都有人和母亲共同生活，但我这个做女儿的喜欢一个人过，对她所感觉到的"一个人的寂寞"总是难以理解。

我尝试过带她出去吃饭或回去陪她吃饭，但我做不到她所希望的那样。对于她那些自我哀怜的要求，我在心里总是不屑一顾，表面上却假装孝顺。不过我的这种伎俩估计早已被母亲看穿。

母亲独个儿的时候总会忍不住向女儿倾诉自己的可怜，这也许是一种自负的表现：我爱过孩子。因而希望女儿来关心自己，多陪陪自己。这与幼儿向父母撒娇的心态非常相似。

希望自己爱的人也爱着自己，希望自己担心的人也担心着自己——寻求情感层面的等价交换，这是人之常情。但无法如愿也是人之常情。以前的女人奉献自己、养大孩子、渐渐老去时，孩子或孙子会好好照顾她们，然后将这种传统教给下一代。但是如今这种传承体系已经很难存续了，毕竟很多人没有孩子，何况万一真有个三长两短，父母或祖父母往往不想给后辈添麻烦。

曾经秉持"只要付出总会有回报"观念的家庭如今付出的爱与关心却大多得不到回报，但人类还是会选择为家人担心。即使对后辈的爱与关心无法获得回报，也会忍不住去爱、去关心——产生了这种违背经济学原理的感情的场所，正是家庭。

8

家庭旅行是一场修行

　　每当看到那些在暑假、黄金周或新年假期等旅游旺季举家外出的人，我总会从内心油然而生敬畏之情。无论是东京站还是羽田机场，以及所谓人气景点，到处人挤人。孩子吵闹，母亲嘶吼，老人困乏，加上众多外国游客叽里呱啦……简直就是巴别塔般的人间地狱。

　　而且这种时段的机票、酒店价格特别昂贵。那些人明知人潮汹涌、费用高昂、压力倍增却仍要举家出游——明明过程很辛苦，但事后回忆起来又觉得"当时真美好"；还可以在社交账号上"公示"家庭幸福，或者为孩子的暑假日记增添丰富内容。泡沫经济崩溃之后，某日产汽车品牌打出广告语："比起物质，更重要的是回忆。"在这样的时代，为了给宝贝孩子留下更多回忆，父母们甘愿自我增压，旺季出游。

　　已经逃离"家庭"这一组织的我对这些父母只有敬佩。我没有家人，作为社会人也不属于任何团体，不必在拥堵的高峰时段前往人流拥挤之地。逢年过节都待在家里，独自咀嚼着"没有家人"的滋味。

　　即使我有家人，也不会在那种时段举家出游。即使孩子哭闹着说"带我出去玩嘛"，我也最多做做盒饭，带孩子去附近的公园而已。我觉得老天只会给那些能够承受的人增加负担。

同龄朋友的孩子大多已经长大，他们和孩子一同出游的频率越来越低。相反，现在是他们的父母希望被带出去玩。虽然父母不会哭闹着说"带我们出去玩嘛"，却会说起"谁谁家的女儿带她去香港玩了"，以此给自己的孩子施加压力。老人不大会在社交账号上晒照片，但会向朋友和近邻赠送外地的土特产，以此告知大家：我的孩子带我出去旅游了。

那些父母健在的朋友都觉得这种尽孝之旅好像一场修行，顺利完成修行的人会在社交媒体上发文："我带父母去了箱根的温泉。父亲腿脚不方便，我特地找了安装有无障碍设施的旅馆。他们很高兴。希望二老长命百岁！"然后朋友们纷纷点赞："真孝顺！""你父母看起来真精神！"这才算完成任务。

我父母健在的时候，我也曾鼓起勇气带他们出去旅游（次数极少）。不过，和我这么无趣的女儿一起旅行，他们是否真的感到快乐？这个谜团至今没有答案。孩子小的时候，父母带孩子出去；孩子长大后，孩子带父母出去。这是一家人的宿命。说实话，我和父母出去旅游的时候，会有一种纳税的感觉。

现在的父母还有一份苦差事——孩子自婴儿时期起，每年要去迪士尼乐园。我小时候，日本还没有迪士尼乐园，最多去后乐园或丰岛园①。我家不喜欢把钱花在娱乐方面，去后乐园是少之又少的奢侈之举。当然，我自己从没想过要打扮成公主。

然而自1983年东京迪士尼开业以来，日本人好像中了迪士尼

---

① 后乐园和丰岛园都是东京老字号游乐园。

的魔法，父母们铆足了劲儿，带孩子去了一次又一次。即使到了现在，从傍晚到夜间，总能看到从京叶线①方向来的人在东京站走着，仿佛魔法失效后，一个个精疲力竭，形似僵尸——他们都是从迪士尼乐园归来。

穿情侣装的满脸疲惫，嘴角下垂；拖家带口的更是困乏无力，全身迪士尼服饰的小孩趴在父亲背上，早已困顿失神，父母则双手提着大包小包的纪念品。每个人穿得光鲜亮丽，脸上的表情却黯淡无神，仿佛是从什么国境线逃难而来的。

每次看到那些人，我都深感自己肯定"不行"。如今做父母的小时候也被带去过迪士尼，所以这一方面是他们自己想去，另一方面也想让自己的孩子去。如果以后我有了孩子，我一定会说："找点儿别的乐子吧！反正不想全家去迪士尼。等你长大了，自己去吧。"

我的哥哥也有类似的感觉。他曾在女儿出生后说："我会尽量不让她知道迪士尼乐园的存在。"还说："我才不想去那种地方。但如果女儿知道了，肯定会想去。"

他这么说并非因为不爱女儿，其实他特别宝贝女儿，经常带她出去玩，但他坚持认为："爱与迪士尼是两码事。"

我非常赞同哥哥，于是将迪士尼乐园封印在心中，绝不对侄女说"如果你爸爸不带你去迪士尼，姑姑带你去"。

结果我侄女第一次去迪士尼是在她十岁左右，比东京孩子初次体验迪士尼的平均年龄晚了很多。不过去了之后，她并没有说

---

① 从东京通往迪士尼乐园的主要铁路线。

"还想去"。这也许是因为我们流的是相同的血，也有可能是她不想给大人增添负担。

不在大家一窝蜂去的时候去，这也许是我从父母身上遗传的性情所致。我小时候每年暑假都会去的地方，是位于千叶海边的亲戚家。

孩提时代，每当暑假过后，同学们的作文里经常出现冲绳或轻井泽，甚至海外旅游记录。我每次都觉得"好厉害"。然而我家的旅行故事中甚至没有普通酒店或旅馆，换言之，是那种完全不花钱也没有压力的家庭旅行。

虽说是在邻县，但当时没通电车，只能自行开车去房总半岛的另一端。那是一段相当漫长的旅途，我总要暗暗祈祷负责驾驶的父亲不要发脾气。但天性好动的孩子怎么可能一路上老老实实地坐在后排？结果兄妹吵闹，父亲发火……现在回想起来，每次路上都闹得不愉快。

半岛的另一端往往远离尘世、悠然深邃，房总半岛也不例外。对于在东京住宅区长大的我而言，暑假去千叶住几天好像去留学。有时，我用石头敲砸岩牡蛎，再用海水冲一冲……虽说是海水浴场，但因海浪太过汹涌，海滩上几乎没什么人，好几次都在一瞬间感受到"啊！要死了"；有时，我去往山间瀑布，在冷得手脚像被切掉的水潭里游泳……这是在轻井泽或夏威夷绝对体验不到的野外趣味，令我仿佛变身为小猴子。

亲戚家是传统的农家，屋内构造是去掉移门即可变作大厅、能举办婚丧嫁娶的类型。我们每年都在他们家举办派对，彼此之间感情融洽。他们家也有和我同龄的孩子，我们总是围着餐桌嬉笑玩耍。

南房总的人家流行栽培花卉。亲戚家栽培菊花，屋子里总是散发着菊花香。现在，每当在花店或中餐馆喝菊花茶、闻到菊花香气，我都会想起当年的光景。啊，那是多么美好的经历。那时候还没有"比起物质，更重要的是回忆"这句广告语，但我的父母已经身体力行了。我们点燃沙滩上的流木，放上铁板，烤着在海边捡来的海螺，再做些炒面——如今这些已成了特别时髦的户外烧烤——是何等幸福的时光啊。

不过在千叶度假期间，特别是到了后面几天，我会产生一种憋闷感。以前我并不知道原因，现在我明白了，因为每次去千叶都会直接触碰到旺盛的生命力，所以我出现了一种类似"自我中毒"的症状。

虽说是邻县，南房总的海边小镇与我平时生活的东京住宅区的环境却完全不同。当时那里还没有抽水马桶，到处是我从未见过的巨型飞蛾和其他不知名的虫子。被夏日骄阳晒干的草梗、海滩岩石边的谜样生物……都散发着有机的香气。

虽然每年都去，但和亲戚一家共度的那几天总能让我邂逅未知事物。亲戚家的叔叔与我文弱的父亲正好是相反的类型，无论在海边、丛林还是山间，他都挥斧劈柴，是自给自足活下去的野性派。他们家的孩子与白白嫩嫩的我家人相比，个个都有自黑潮①漂来的风貌。

换言之，千叶的亲戚家有着我家无法比拟的生命力。在东

---

① 位于北太平洋西部的强劲暖流。

京，每次去参加同学的生日会，我都会被别人的家庭所散发的不同活力所震撼。千叶那边虽说是亲戚家，却与我家完全不同，以至于能在他们家住几天、与他们泡上同一缸洗澡水、使用同一间厕所……都令我如痴如醉。

不过比起与亲戚同住、使用坑式厕所、看扭来扭去的虫子，更让我陶醉的是那里的大海。我成长于东京西部，不见山，也不见海，我与大海接触的机会只在每年暑假去千叶。

大海对我而言曾是一种威胁。海浪翻滚，波涛汹涌。海滩上风大，还是孩子的我根本无法站稳，结果被风浪拽倒，呛进一口海水……那种咸苦味不是味增汤能比的。

我被卷进海浪，分不清哪里是岸，哪里是天。忽而清醒过来，发现已身陷更深沉、更汹涌的大海。腿脚乱动，却感觉足尖触碰到的水温冰凉……

都说太古时代①，生物源自大海。海水确实和洗澡水或游泳池里的水完全不一样，有创造生命的质感。我从海里上岸后，感觉皮肤黏糊糊的。当然，沙滩上没有冲淋设施，我只能穿着沙滩鞋、拖着黏湿的身体回到亲戚家。之前还生龙活虎的我，那时蔫儿得像某种生物，只想呕吐……

家庭旅行是父母带孩子去看不一样的世界，去海外体验异域文化或者去迪士尼乐园那种人工乐园都能让孩子眼睛发亮。

我的父母却选择千叶，东京的邻县——虽然东京迪士尼乐园也在这里，但当时还没建成。他们选择把我们兄妹俩扔进一个与

---

① 地质时代中最古老的时期。

大都市完全不同的有机世界。对于身心都不算强健的我们，父母采取这种看似乱来的治疗手段，似乎不难理解。像小猴子一样每天乱窜的我，和那些从小就去轻井泽或夏威夷旅游的人相比，确实获得了更多锻炼。

然而，每年夏天在千叶一点点积累起来的强健却没能在后来的人生中发挥作用。如果真的足够强大，现在的我估计已经生了四个孩子，在家里做着味增汤了，可事实上，如今的我在东京西部过着见了虫子就尖叫的日子。其实，当年被太平洋汹涌的海浪蹂躏时所感受到的对有机物的畏惧感，至今仍未消失。

在千叶的日子，每天早上醒来都能听到遥远的海浪声，那声音似乎在喃喃地对我说："你不过是个生物。"那让我直面这样一个事实：自己的存在与诞生于海洋的原始生物有所关联。加上我睡觉的房间里摆着巨大的佛龛、神棚①及祖先的照片，那种乡下人家特有的、代代相传的家族气息总是令我震撼。

啊，身体好沉重，真的好沉重……

感到疲惫困倦的时候，听见"快起床啦，吃早饭啦"。

我被拉出被窝。满桌的味增汤、酱菜等发酵食品似乎在大声宣布："你还活着哦！"虽然那时候的我还没有来初潮，身体却有一股月经来潮时才有的不适感。

我小学毕业后就不再去千叶过暑假了。我和哥哥参加了学校的俱乐部或其他活动，变得忙碌起来。上文也说过我母亲的出轨风波，使得我家完全打消了家庭旅行的念头。

---

① 日本人在家里设置的小型祭坛。

即便不再去千叶，我对所谓生物的气息依然有些发怵。当时，同龄的朋友纷纷出现第二性征（我属于发育比较晚的），胸部凸起，月经来潮。在游泳课上看她们换衣服或是在街上看到孕妇时，我的内心都会响起在千叶的早晨醒来时听到的涛声，且越发膨胀，直抵喉头。

如此想来，我成为不婚者也是自然而然的。所谓家人，是有机物与有机物碰撞、液体与黏稠物混合而诞生的新生命，是有所作为的集合体。我不擅长应对黏糊糊的东西，没有家人实属无可奈何。

很久没去海边了。

从那时至今，我似乎没有主动提出"想去看海"。

相比之下，我更喜欢山中幽静的湖边，也许是觉得淡水湖静止的模样与自己有所重合。

等我老了，不会有孩子带我出去旅游。有子女的朋友一定会和儿子、孙子一道去温泉度假，然后在社交媒体上"公示"家庭幸福吧。而我一定会带上手机，独自在湖畔旅馆静静看风景。

9
称呼表现身体

电车里，我旁边站了一群放学后的女高中生。我并非有心，却听到了她们的对话——内容几乎都是关于学业的，像新桥小饭馆里聊工作的上班族。区别是，她们专注地讨论着关于学习和考试的话题。

除了感叹如今的高中生很认真，我还留意到她们称呼彼此时不带姓氏，而是直呼其名。

"彩香和由奈真聪明。"

"丽奈先回去了。"

"真帆要去涩谷。"

很多人觉得这不是很正常嘛。但我从小学到现在，女性朋友一直以我的姓氏"酒井"称呼我，换言之，没有一个朋友直呼我的名字"顺子"。我对朋友也大多称呼姓氏，直呼其名的都是名字里不带"子"字、听起来很时髦的名字。

在我那个年代，很多人爱叫人绰号。放在今天，有些绰号恐怕会触发人权问题，甚至会被指责带有歧视意味。但在以前，大家都叫得很自然，以致多年后在同学会上，很多人苦恼着该怎么称呼老同学。

看到如今的女高中生彼此直呼其名，我感觉如今的日本实在深受欧美影响。在我那个年代，叫顺子的孩子很多，名字里带"子"字的孩子数不胜数。我觉得带"子"字的名字不是为了称呼，而是用来书写的。相比之下，如今一些听上去响亮的名字主要是用来称呼的，且越叫越亲，使女孩更招人喜欢。

当然，我父母都称呼我的名字。但我家没有直呼其名的家庭文化，父母或祖父母都叫我"小顺"，只有哥哥直呼我"顺子"。

除了家人和亲戚，第一次被外人直呼"顺子"，是在上大学之后认识了一位归国子女——从美国回来的她理所当然地叫我"顺子"。

在那之前，没有人直呼我的名字，以致我被她那股热乎劲儿弄得有些不知所措，同时又觉得被直呼名字意味着我已经长成独立女性，觉得很开心。我认为，从小被称呼姓氏的女性与从小被直呼其名的女性在女性意识方面有很大差异。

直呼我名字的人原本就不多，随着岁月流逝，越发地少了。首先，原来的家人都不在了，连在我小时候叫我"小顺"的父母的友人们，也不是过世就是在和病魔作战，与他们见面的机会越来越少。

长大后认识的朋友、在职场结识的同事，都想当然地以我的姓氏称呼我，老朋友们更是长年不变地叫我"酒井"。

没办法，毕竟直呼我名字的都是觉得我年纪小的人。其实我已经五十多岁了，一点儿都不小。以前直呼我名字的长辈们早已老去。

现在只有表兄弟之类的亲戚和父母朋友中身体还算硬朗的，会直呼我"顺子"。邻居家有个可爱的小孩曾叫我"顺顺"。看到那样的孩子，我深感讨人喜欢的孩子从小就懂得投人所好。

偶尔有些新朋友称呼我"顺子女士"。听到这种不熟悉的称呼，我心里会"咯噔"一下。一直以来，连"顺子"都没怎么被叫过，听到"顺子女士"的一瞬间，真不知道是在叫谁。

该如何称呼对方？该如何被对方称呼？在日本，有各种各样的称呼方式。不同的称呼方式代表了彼此关系的深浅，特别是家人之间的称呼，几年来发生了极大的变化。

家人之间的称呼体现出家人们的存在方式。我小时候叫"爸爸""妈妈"或"爸比""妈咪"，现在却经常听到孩子以昵称称呼父母，直接叫母亲"由美女士"之类的也不算稀奇。

兄弟姐妹间的称呼更是变化大。在我那个年代，大多会叫"哥哥""姐姐"，现在则大多直呼其名。

换言之，我小时候是依据角色分工称呼父母的，只有家庭中最小的成员才会被直呼其名。

如今家人之间之所以直呼其名或昵称，是因为家人之间的关系已趋于扁平化。和以前不同，父母在家里的地位有所下降，孩子与父母无限接近对等，兄弟姐妹之间也没有"谁先出生谁就了不起"的想法了。

我小时候，孩子的名字里很多都采用"忠""孝""义""节"等带有儒学意味的汉字，这反映了家人的分工被安排得妥妥当当：妻子顺应丈夫，孩子尊敬父母……给我取名的我父母那一代，这种观念根深蒂固。

然而我们长大后并不是人如其名的。我们的青春时代正值日本泡沫经济的高峰期，我感到自己的名字与行为之间存在着巨大的背离。

比如去六本木夜夜笙歌、让父母操碎了心的女孩却叫"孝子"，比如滥交无度的女孩却叫"清美"……诸如此类名不副实的现象层出不穷。在舞厅的炫光灯下摇头狂舞的孝子和清美们自己也会觉得哪里不对劲吧？

我们这一代人给孩子取名时几乎没想过采用带有儒学意味的汉字。孝子和清美们估计会给自己的孩子取名为"麻里香"或"纱有希"，虽然并没有什么深意，但看上去汉字比较多[①]。随着家人之间关系趋于扁平化，长幼序列也趋向无关紧要，大家像朋友般直呼其名。

为孩子命名带来变革的应该是我们这一代，但我们有时也遵从传统，比如夫妻间的称呼照旧。即使家人关系趋于扁平，仍有夫妻互相以在家中担任的角色称呼对方"爸爸""妈妈"。

第一次见我朋友叫他老公"爸爸"时，我真的吃惊。那年我三十五岁，去朋友家玩的时候，目击了夫妻俩彼此称呼对方为"爸爸""妈妈"的现场。

"爸爸，你去拿一下纸巾。"

"妈妈，这个真好吃。"

我以为，从小被人称呼姓氏的女性会有晚婚的倾向。那时的我当然也是单身，朋友告诉我，她和老公还没有孩子的时候称呼彼此"小武""小木"，这又让我一惊。

在日本家庭中，很多时候，家中年纪最小的人所使用的称呼

---

① 在日本，受过教育的人能够读写汉字。普通人日常多使用平假名和片假名。

会成为全家人的通行叫法。比如小儿子叫"爸爸"，妻子也会跟着叫"爸爸"，甚至爸爸本人也会把"爸爸"作为第一人称来使用："爸爸明天要出差哦……"

这对没有孩子的我而言是不可思议的现象。我以为夫妇之间互称"爸爸""妈妈"，是有选择地弱化身为"男""女"的性别意识。

互称"爸爸""妈妈"的夫妇是把对方作为自己孩子的父亲/母亲来接受的。或者可以说，夫妇俩并没有以原始的生物属性直面对方，而是通过家庭中的孩子进行对话。

有些夫妇没有孩子，但养了宠物，他们也会以宠物的视角称呼彼此为"爸爸""妈妈"。每当看到这种夫妇，我就深感日本人总是羞于把对方看作男人/女人，要通过孩子或宠物等中介物才能交流。

那些互称"爸爸""妈妈"的夫妇大概很多只剩没有性生活的婚姻吧？据说在日本，很多家庭中存在着无性婚姻。试想，若在性高潮时想叫对方的名字，脑中却冒出来"爸爸""妈妈"，肯定会一下子没了兴致吧？

在我自己的原生家庭中，夫妇之间也是用称呼表现身体。我和哥哥称父母为"爸爸""妈妈"；我是家里年纪最小的成员，父母也会跟着我叫我哥哥"哥哥"，叫奶奶"奶奶"。

但在我父母两个人之间，并没有完全跟随我称呼彼此为"爸爸""妈妈"——我母亲称我父亲为"爸爸"，我父亲却直呼我母亲为"洋子"。

朋友的父母也大多互称"爸爸""妈妈"。我一直觉得他们对我父亲直呼我母亲名字的做派怀有异样感——他当着我们的面，把我母亲当作女人来对待。

在一般的家庭中，父母总会把他们作为男人或女人的生物属性在孩子面前隐藏起来，才会选择互称"爸爸""妈妈"，体现作为父母的职责。

但不知为何，我父亲在家里把我母亲当作女人对待——也许他并非把我母亲当作女人对待，而是想在称呼上显得洋气……真相到底如何？如今已不得而知。

如果我母亲也直呼我父亲的名字，也许就能在双方之间找到平衡。我知道，确实有一些父母认为："比起孩子，夫妇之间的爱更重要。"

但我母亲一直叫我父亲"爸爸"。虽然我父亲在家里把我母亲作为女人看待，我母亲却没有把我父亲看作男人，而是把他当作"孩子的父亲"，这就产生了一种非对称性。

上文说过，我母亲个性奔放，现在看来，这个事实与家庭称呼的非对称性也有关联。在家庭之外，我母亲是个开放的女人；但在家庭内部，她无法把孩子的父亲当作男人来看待，只能叫他"爸爸"。

有了孩子以后，夫妻互称"爸爸""妈妈"的情况就将始终持续下去吧？等那些拥有亮丽名字且从小被直呼其名的人做了父母，情况也许会有所改变吧？

现在年轻人的措辞几乎不分男女了，直呼其名也不再犹豫。但在《海螺小姐》里，丈夫波平对妻子舟说话时用的是简称，舟对波平用的却是敬语；年轻一代的海螺与丈夫鳟男之间则都用简称。让人感受到了时代的变化。

不过，鳟男是直呼海螺（并没有叫她"妈妈"）的，海螺却称呼对方为"鳟男先生"。由此可见，虽然相比波平夫妇，海螺夫妇的关系更为亲近，但并没有完全消除男女之间的身份差别。

我以前哪怕是对同年级的男生也不曾完全以"人人平等"为由直呼其名。我会对比较亲近或我瞧不起的男生直呼其名，对其他人则会加"くん"①。

但现在的孩子似乎完全没了这一层"窗户纸"的意识。

"由纪，我肚子饿了。"

女孩对男孩这么说的时候也许带着一种懵懂的爱意。这样的两个人如果以后结婚生子，估计不会称呼对方为"爸爸""妈妈"，而是会继续亲昵地说："由纪，我肚子饿了。"

姑且不论无性婚姻是好是坏，夫妻生活如果无性，就无法生出小孩。为了解决"少子化"问题，也许应该先解决"爸爸""妈妈"的称呼问题。

---

① 日语中接在姓氏或名字后面，一般是长辈对晚辈男性的称呼。

10

长子的作用

　　我小时候渴望有一个帅气的哥哥。虽说我有哥哥，但很难说他到底帅不帅。不仅帅，还可靠，会宝贝、守护妹妹……我做梦都想有一个这样的哥哥。

　　估计哥哥也有过类似的想法——想要一个乖巧、可爱、讨人喜欢的妹妹。

　　动漫世界里有一种属性叫"妹萌"，指的是那种对崇拜着哥哥、天真无邪的妹妹毫无抵抗力的哥哥。

　　我绝不是那种能让哥哥变成"妹萌"的妹妹。不知是性格使然还是身为长子的哥哥一直都不得法，他总被父母责骂。这种时候，我就会躲得远远的，看着哥哥的背影，暗暗埋怨他："怎么搞的……"家中老幺大多是我这样吧。

　　一般而言，母亲比较宠爱儿子。确实，我身边很多有儿子的母亲都是这种类型，但我家几乎没有。我感觉自己这个做妹妹的反倒活得比较自在。

　　面对我这种遇事总耍点儿小聪明、活得洒脱自在的妹妹，我哥哥肯定无法成为"妹萌"。只有那种傻乎乎、一直依赖哥哥的妹妹，做哥哥的才会想去宠爱。

　　除了"妹萌"，还有"兄萌"。我想要的是一个能让我变成

"兄萌"的哥哥。比如高中时上学快要迟到的早上，骑着摩托车的哥哥潇洒地对我说："真是的！快上车。"

不过很可惜，我是那种从不迟到的妹妹。我哥哥反而经常睡懒觉，是我这个做妹妹的丢给他一个冷冷的眼神："真是的！"

我曾经很憧憬"哥哥拽着妹妹向前走"的情景，但现实中，我哥哥是个脑袋缺根筋的憨憨。等着我哥哥来拽我走？别指望了。我这个做妹妹的只能自己发奋图强，以致周围很多人以为我哥哥是我弟弟，连我叔叔都曾如此误会，问我："你弟弟最近好吗？"每次我都要强调："他是我哥哥，比我大三岁！"

说起来，玩占卜的时候，我好几次被人说："你有做长子的宿命。"

我一直想要一个帅气的哥哥，想依靠哥哥……长大成人后却渐渐发现"帅气的哥哥"只能是幻想。看看朋友们的哥哥，我也不觉得他们有多帅、多可靠。

作为长子出生，被父母的爱、干涉与压力击垮的大有人在。

这样想来，这世上做哥哥的也真凄惨。我出生的那会儿，生二孩的家庭多，做哥哥的几乎都是长子。以前的长子是继承家业的重要存在，受到的待遇与其他弟弟妹妹绝不相同。正因为备受重视，所以长子会特别自觉，严于律己——"一定要好好做""我是要继承家业的人"。

小说中那些旧时代的长子很会照顾弟弟妹妹，特别是在父亲过世后，长子一定要在经济上支持弟弟妹妹。在多子女家庭里，长兄如父，连母亲都要依靠长子。

长子继承家业后，其他孩子会离开家，去别的城市打工，艰难度日。在水上勉的小说里，去外地打工、失败而归的次子和其他弟弟回到农村后只分得几亩薄田，尝尽辛酸。那时候，长子的责任很重，弟弟们很悲苦，姐姐或妹妹嫁去别人家也会吃很多苦。从这个意义上来看，以前的长子是在姐姐、妹妹和弟弟们付出辛劳的同时，肩负起家族责任。

到了我那个时代，长子备受重视的风气已经式微，除了历史悠久的家族酒厂或皇室等世袭的大家族——在这些家庭里，长子依然是重要的存在，比如天皇家，进入平成时代之后，天皇的长子浩宫、次子礼宫从小就表现出不一样的气质。次子礼宫给人的印象更自由，浩宫则始终保持严肃——他得为日后成为天皇而自觉地准备着。

当然，长子被赋予重任后变得叛逆的例子也有很多。故旧家里的几个长子因为从小就痛恨"长子要继承家业"的习俗，吵嚷着将来要成为舞者或唱片骑师，甚至装成不良少年，让父母担心。然而等到了一定的年纪，特别是在他们的父亲过世之后，他们还是会回到老家，接受"只能由我来继承家业"的命运。

做弟弟的则从小被告知"大哥会继承家业，所以你去做医生吧"，于是自顾自地努力学习，无论是考上医科大学还是落榜，都可以自由地探寻属于自己的人生之路。

即使是没有家业要继承的人家，在一些乡下地方，现在依然能经常听到有人说"由于我是长子……"。乡下生活基本依赖土地，需要明确由谁守护家族、土地及家人。

在东京，像我们这种公司职员的家庭就不大有这种意识了。没有人热衷于继承家业，也不存在长子至上主义。

以长子为上的体系中固然有很多不合理之处，但从某种意义上来说又极其合理。对其他弟弟妹妹而言，显而易见，"就是这样的规矩"。

在父权日益式微的今天，兄弟姐妹之间的关系趋向于一条横线。这其实是一个严苛的系统。无论是长子还是次子，无论是儿子还是女儿，都是凭实力获得父母的评价。特别是在我那个年代，已经有了偏差值①这种数据标准来比较、评判兄弟姐妹的高下。这真的很残酷。

对长子而言，这是痛苦时代的起点。"长子最优秀"的记忆依然存留。父母会说："因为你是长子，所以要好好地给弟弟妹妹做榜样。"但又因为是长子，所以父母不会心疼他，不会帮他穿鞋，还要他和弟弟妹妹一起"平等"地接受被给予数值的评价和判断。如果弟弟妹妹比自己做得好，长子就更没有容身之地了。

时代已从长子至上主义转变为兄弟姐妹实力主义。家庭中的这种变化与企业中的变化非常相似。昭和时代讲究的是论资排辈，日本企业又很安稳，基本上奉行"年长者了不起"的准则。但泡沫经济崩溃后，实力主义抬头，只要手握业绩，年轻人就可以大展身手，升职加薪。

运营一个集团的时候，儒家思想要求人们"留住年长者"。这种想法在昭和时代也许管用，但是泡沫经济崩溃后的旧系统已跟不上世界的发展，企业中的论资排辈只能因应变化。

企业和家族都是以继承和发展为目的的集团，从这个意义上

---

① 与平均水平之间的偏差数值。

来说，两者非常相似。率领着集团、拥有强大权力的人在企业里是社长，在家里是父亲。他们为集团的维持与发展掌舵、领航。

由此渐渐浮出一个问题：是先有权力者再有集团，还是先有集团再有权力者？为了支持社长或父亲这种权力者，其他成员在底下努力支持的实例有很多。我觉得，直到昭和时代，都是先有权力者再有集团。

家庭中也一样，都必须依靠父亲或以后会成为父亲的长子。

"你父亲努力工作，我们才能吃上这样的饭菜。"

这是母亲经常对孩子说的话。

有的父亲如果心情不好就会在家里大吼："也不看看是谁在养活你们！"

社长或父亲的形象都是高高在上的，需要他人服从自己。

一直以来，日本人都觉得"这很正常"，但渐渐地开始意识到"比起集团的发展，自己的幸福更重要"。以前的日本人会在企业里拼死拼活，为了业绩像个奴隶那样工作，但现在都想找便于请假休息、压力少的工作，而且越来越重视生活与工作的质量。

家庭中，孩子也不再一味地听从居于"上"方的父母。我家里也是。我读中学的时候，学校里很混乱，有很多不良少年乱改校服，吸食大麻，在学校或家里使用暴力，就像电视剧《初三B班金八老师》[①]里描述的那样。

那个年代的中学生为什么如此荒废？也许是为了反抗家里和学校那些"了不起的人"所施加的压力。那是一个信奉偏差值的

---

① 日本校园题材电视剧，自1979年至2007年已播出了八季。

时代，孩子在家里会被父母唠叨"要好好学习"，在学校里也一直被严格管理。

如果是在更早些年月，就算心里觉得不痛快，大家还是会选择服从的。但当时的年轻人已经开始爆发心中的不满："我干吗要唯命是从？"那时的父亲也没有足以压制子女的权力了。

和我同龄、当年曾荒废过时光的中学生们如今大多拥有"美满的家庭"。他们的家庭中没有强权在握的父亲，也没有被独宠的长子，家人之间的关系是扁平化的。

我这一代人厌烦了在家里发号施令的"了不起的人"，特别想组建一个没有高下差别的家庭。

昭和时代，如果妻子比丈夫威风，就会被嘲笑那家是"婆娘的天下"。现在已经听不到这种说法了，因为已形成共识，比起丈夫掌权，妻子占主导地位的家庭更平和，所以"婆娘的天下"这类词汇已成"死语言"。

长子的重担也被减轻、分散甚至消灭。长子的存在感只在葬礼上有所凸显。一般而言，即使家里有姐姐，也会由作为弟弟的长子来担任丧主。另外，很多家族的墓地也由长子来继承。

在我母亲的葬礼上，因为由我哥哥担任丧主，所以我很轻松。加上嫂子贤惠，主动表示"长媳就应该如此"，承担了很多杂务琐事。我只需要负责"悲伤"而已。

葬礼的高潮是告别仪式结束后，参与者向棺材里投放鲜花，与逝者做最后的告别。当时我一边号啕大哭一边把花束放入棺材，突然瞥见我哥哥很紧张……

没错，因为钉上棺盖后，丧主要代表遗属致辞，所以那时候的哥哥看起来特别紧张。唉，对不起，但谁叫你是长子呢……也只是在那个时刻，哥哥担起了长子的责任。

虽然哥哥和母亲的关系并非特别亲密，也没有得到过母亲的特别宠爱，但母亲过世后，哥哥悲伤了好久。我觉得其中一部分原因是他在葬礼上过于紧张，以致没顾得上悲伤。

但这样的哥哥如今也没有了，轮到我肩负起"长子"的责任。占卜者说我有"做长子的宿命"，看来真被说中了。

"我是个没用的妹妹，对不起……"我时不时会对着哥哥的遗像这样说。其实，我也想让你有机会成为"妹萌"。

动漫世界里的"妹萌"之所以受欢迎，也许正是因为现实生活中的妹妹——不止我，而是所有妹妹——总和哥哥的理想相去甚远，根本不存在让哥哥产生"萌"感的妹妹才会在动漫的世界中被创造出来。

同样地，我的"兄萌"也没能实现。现在，我倒是有点儿想要一个"在姐姐面前抬不起头来"的傻弟弟。当然，这种愿望也不可能实现，最多只能看看有这样的弟弟出场的漫画，以缓解此类渴望的心情。

11
盂兰盆节的意义

我家在寺庙里有一块墓地，葬礼之类的活动都按佛教仪式在寺庙里举办，但其实我家并没有特别信仰佛教。这在日本很常见。家人离世后，我们会与僧人虔诚地面对佛祖双手合十，但在其他时候，我们几乎不会想起与佛教相关的事。

我家里还摆有佛坛。如果放任不管，就会于心不忍，所以每天早上供奉茶水，也从未间断献花。

信仰坚定的人会早晚供奉食物，还会诵经祈福。我爷爷过世后，我奶奶每天都会做爷爷的那份饭，先摆在佛坛上供一下，然后自己吃掉。

与他们相比，我对佛坛的呵护实在有些随意。首先，我家的佛坛非常朴素。据说在北陆地区，非常讲究的会把整面墙布置成佛坛，装饰得像一座舞台；还有些家庭会花费建造房屋总价格的十分之一来购买佛坛，那种存在感绝不亚于家中有一辆豪车。

相比之下，我家从祖辈开始就没那么讲究，家中的佛坛一直很小、很朴素。当年和我们同住的奶奶常常说"意思意思就行了"。我继承了这样的价值观，对佛坛只会做最低限度的维护。除了水或茶，偶尔也供奉些食物，但只选那种能摆放很久的食物如蜜柑、羊羹或煎饼点心等。我必须坦白，我只会在有客人来访的时候，为了面子而在佛坛上供奉些像样的东西。

对佛坛的呵护程度与对家人的思念成正比。佛坛并非寺庙设在家庭的办事处。虽然佛坛里有小小的佛像，但日本人崇拜祖先的意识强烈，面对佛坛，祭拜的不是佛祖，而是祖先。

换言之，佛坛是身处冥界的祖先在现世的办事处。我面对佛坛时会在心中念叨：

"爸爸、妈妈、哥哥、爷爷、奶奶及列祖列宗……"

此时我脑海中浮现的并非佛祖。

佛坛是过世的家人在现世的栖身之处。对家人情深义重的人当然特别重视佛坛——除了早晚祭拜，每次收到好东西也都先供奉在佛坛上。

而我呢，每次收到好东西总会迫不及待地拆开："哇，看起来好好吃。"

等全部吃完了才可能会想到："啊呀，应该先放在佛坛上祭一祭的。"

对祖先特别在意的人，在地震、火灾等危急时刻首先想到的是"要把牌位带走！"。

而我呢，逃生时刻肯定根本想不到"把牌位带走"，只会考虑水、食物、手机……与生存紧密相关的物资。至于牌位，不过是一件物品。

我是薄情人，每次看到佛坛都觉得很对不起祖先。

不过每年都会有一回，佛坛的存在感陡然增强，那就是在盂兰盆节。

盂兰盆节是祖先回家的日子，我家也会请僧人来诵经。在东京，盂兰盆节是在七月。每年都觉得，盂兰盆节过后才是真正的夏天。

在放有佛坛的房间里听僧人现场诵经，即便没有信仰的我也会觉得难能可贵，想象着祖先们因为有僧人在近旁诵经而感到欣慰的模样。

在赶上"少子化"大潮的我家，聆听僧人诵经的只有亡兄的妻子和我两个人，多少显得有些寒碜。因为已经处于接近家庭消亡的状态，所以佛坛中的人数，也就是祖先的人数，比现世家庭中的成员要多出很多。

说起盂兰盆节，原本是散落在各处的家人团聚的日子，因工作忙碌或其他原因不能见面的家人都会在盂兰盆节回老家，感叹着"还是家里好"。但没过几天又会感到厌倦，想"快点儿离开"。这就是盂兰盆节。

我作为"败犬"（意为大龄单身女性）最风光的那几年，盂兰盆节和新年假期、黄金周一样，对单身者而言是最痛苦的日子。换言之，是家人聚在一起、不得不考虑家庭问题的时候。公司放假；周围的人都各回各的老家或举家外出；如果有婚外恋，外遇的对象只能和家人一道回老家……总之，此时的单身女性最容易陷入郁闷。

虽然可以选择回老家，但会很无趣，而且没有自己的容身之地。如果老家在乡下，就会被七大姑八大姨无恶意地追问：

"哟，小顺啊，你还是一个人啊？"

使人心情跌至谷底。但又不能去海外，因为正好是旅游旺季价格最高的时段……所以盂兰盆节又被称作单身者的受难日。这一点，以前如此，现在依然如此。

　　不过我已经过了那个神经脆弱的年纪，开始懂得享受盂兰盆节了。反正家人已经不可能真实地团聚，不如享受两名听众对着一位僧人在这堪称奢侈的情境下聆听诵经声。八月也有盂兰盆节，但人少。我会在夜间跑去京都的寺庙观看迎精灵、六道参等祭祀活动，仿佛在远眺那个世界的深渊。

　　之所以会有这种感觉，也许是因为我自己正渐渐接近那个世界吧。现世的快乐虽然也挺多，但随着年龄增长，意识到那个世界的次数也越发增多。有时我会想："如果那个世界的人回来了，一定会很有趣。"还会想到奶奶和外婆，她们年轻时肯定充满自信，但随着年龄增长，身心渐渐靠近那个世界，佛坛和佛事也就和她们越来越近。

　　我在这边一个人找乐子，那边的故人们估计都在担心吧。上文也说过，我家在盂兰盆节请僧人诵经的时候，听众只有两个人。我家再难开枝散叶了。

　　不止是不能开枝散叶的问题。由于诸多原因，家里供奉佛坛的我没有孩子，亡兄的女儿今后如果嫁做他人妇，这座佛坛就不再有人继承。我家的祖先们现在回来听僧人盂兰盆节的诵经时也许都在不安地交谈着：

　　"不知今后会怎样啊。"

　　"小顺过世后，我们连回家看看的地方都没有了。"

　　……

　　没错，确实如此。真的非常对不起……我虽然不关心家的存续，但唯独在盂兰盆节会感到有些愧疚。

盂兰盆节的回乡习俗也许正是为了让活在现世的人思考这些问题。不知祖先们是否真的会在这个节日回来看看，如果真的回来过，那么东京的盂兰盆节是在七月，其他地区却是在八月，岂不是很奇怪？在那个世界里，子孙住在东京的祖先难道要提前下凡？不知冥界怎么看待日本人的祖先有的在七月、有的在八月返回现世。如果是跨国婚姻家庭该怎么办……

其实这些都不是什么问题。祖先回来与活在现世的家人团聚一堂，重新确认着家人之间的纽带，切实地感受着拥有家人是多么难能可贵，以致让那些单身者感到不舒服，催促他们快点儿结婚……结果也许会是：去了大都市的长子因此下定决心说"我要回来"；一直不结婚的长女被逼闪婚，下一个盂兰盆节就带着丈夫一道回来。我觉得，盂兰盆节其实是给家人施加压力的节日，说什么祖先要回来不过是个借口。

如今，盂兰盆节也好，佛坛也罢，都有越来越随意化、简洁化的趋势。也许在北陆地区，豪华的佛坛依然畅销，但在大都市，首先，家中没有足够大的空间摆放豪华佛坛；再者，色彩绚烂的金箔漆质佛坛与现代家居装潢的风格也不大协调。

最近有几个朋友在父母过世后摆起了佛坛，但大多是"从亚马逊网购、五万日元左右"的便宜货。据说这类设计简洁、能随意摆放在架子上、不引人注意的佛坛销量最高。

我每天早上为佛坛上香时都会想：原本不应该由女儿来伺候这座佛坛吧？出生在这个家的女儿年过五十还没出嫁，一直住在摆放着佛坛的家里，一定是祖先们未曾预料到的，毕竟佛坛一般由长子或长媳继承。

我曾经调查过冲绳地区的家庭牌位情况，知道那里禁止由女性继承牌位。日本其他地区的牌位是一人一个或夫妇共享一个，如同独栋小楼；冲绳地区则是把一家人的牌位插进一个大盒子里，如同群居，而且继承牌位等于继承家产，因此不能由女性继承。如果没有儿子，就找表哥、堂哥等亲戚，只要是有血缘关系的男性就行。

　　可能比起日本本土地区，儒家思想在冲绳的影响更为深远，才会有这样的习惯。但其实本土地区多少也有这样的想法。在冲绳，一生独身而终的女性或离婚后独身而终的女性都进不了自家的墓地，也不能拥有自家的牌位。据说把女人放进自家的墓地或灵堂会很不吉利。

　　归根结底，是为了不让家族绝后。以前的人很清楚，如果任由个人喜欢什么就做什么，很容易导致断子绝孙，才会兴起这种带有胁迫感的风俗，敦促现世之人努力让家族存续下去。

　　这么说来，让一个年过五十仍未出嫁的女儿（比如我）在家里随意摆弄佛坛，对我家而言可谓非常不吉利了。但我觉得那也没办法，即使感受到了不能进入家族墓地或佛坛的压力，不结婚的也还是不结婚，不生孩子的也还是不生。如果只允许男人继承家业或佛坛，今后连这些东西也将会渐渐消亡。

　　事实上，如今有很多人因为以后"没人继承""留下也是个麻烦"而考虑在自己这一代把家族墓地处理掉。还有很多人想好了，自己死后不要那种铺张浪费的葬礼，简简单单就行。葬礼与墓地，此类与死后业务相关的产业正在迎来重大的变革期。

　　我觉得这是因为很多人虽然感觉家人很重要，但家族制度下的家让他们喘不过气来。现在的日本人不想要什么象征"家的存在"之物——墓地或葬礼——而是更想追求能表现个人的东西。

在那些豪门望族里，家是必须有人继承的。看看天皇家就知道这有多辛苦。为了让家存续下去，皇室的每个成员都被迫承受着非同寻常的压力。

天皇家至今遵循着"唯有男子可以继承"的规矩，面临着能否存续下去的危机。天皇家先前生的都是女儿，只有秋筱宫家好不容易生出一位悠仁殿下。

即使是必须让家族存续下去的天皇家也已处于如履薄冰的危急状态，由此可见，让家存续真的很难。当然，天皇家族由于身份特殊，确定配偶时不免特别费事。

即使允许女性成为天皇，让天皇家存续下去仍然会很难。现在，三笠宫家有两个女儿，都三十多岁了还是单身。高圆宫家有三个女儿，虽然有已婚的，但至今没有生育。秋筱宫家的真子公主在婚姻问题上遇到困难，甚至上了新闻；佳子公主与爱子公主也因为身份特殊，不可能简简单单就能结婚。

越想让家存续，却越发艰难。反而是有些平民百姓家，一个、两个……生个不停。

上文我曾提过，我们酒井家是靠养子存续下来的，后来出生的我和哥哥都不是热衷于传宗接代的人。想太多，会很难存续；什么都不想，更无法存续。家就是这样的啊。

所以呢，等我迈入老年就必须考虑处理墓地和佛坛的事了。到时候，关于墓地和佛坛，一定会有更方便的新系统吧，特别是对我这种对于羁绊的欲求比较淡泊的人而言，就算没有墓地，没有人来祭拜我，我也不会化作鬼魂出来闹事。而且我觉得像我这样的人会越来越多，身后事也会越来越从简。如果有无印良品式的葬礼、优衣库款的墓地，应该会很有人气吧……

12

父母的工作、孩子的工作

朋友的公司设有家庭日，邀请员工的孩子参观公司，看看父母工作的样子，在公司食堂用餐。目的是通过这些加深孩子们对父母工作的理解。回家时，还赠送小礼物给他们。

这项策划可谓非常周到，令人觉得现在的孩子真幸福。

我小时候只知道父亲的职务和公司名称，知道他每天都去公司，但至今不知他具体是做什么的。

以前的父母不会对孩子详细讲述自己的工作，但他们又未必能把工作和家庭分得清清楚楚。以前的家庭伦理剧中，经常有父亲突然把下属或同事带回家，要求妻子"弄些吃的"。我父亲也是如此，经常带同事回家打麻将。我当时年纪还小，记得不是很清楚，但印象很深的一点是，母亲每次都要辛苦地准备很多菜肴招待他们。

以前的父亲不会对家人聊工作上的事，却会把同事带回家。公司和家都是一个模式，父亲们才会把真正的家人和工作伙伴意义上的家人混为一谈。

我父亲任职于一家小公司，虽然没有家庭日这种企业制度，但我去他们公司玩过。我把父亲的年轻男同事叫作"公司的小哥哥"，把年轻女同事叫作"公司的小姐姐"，这种称呼确实弥合了家与公司的界限。那些小哥哥、小姐姐经常来我家吃饭，绝对都是来蹭吃蹭喝的。

父母过世后，公司的小哥哥、小姐姐们也一直关照我。曾经的小哥哥如今已是大叔，过年的时候像亲戚一样来我家串门。当我做出几道我母亲以前常做的菜肴时，他们就分外怀念，吃得津津有味。这于我也是一件乐事。

如今同事之间很少有这样的交往了吧？如果丈夫不事先打招呼就在下班后擅自把同事带回家，妻子一定会发火。

在向田邦子那个年代，妻子处于二十四小时待命状态，随时准备好为丈夫及其同事端上各种料理，俨然连锁餐厅的主厨。现在的妻子大多有自己的工作，她们不止忙碌、没时间，而且有很强的女权意识，觉得带他人突然进入属于私人空间的家是不可理喻的行为。如果一定要带同事回家，就必须提前好几天告知；如果想把当天的招待作为出色的家庭聚会展示在社交平台上，就必须为了这一天事先好好打扫房间、考虑菜式……需要做充分的事前准备，绝不能"随便叫来家里坐坐"。

被叫去别人家的同事也很辛苦。我以前在公司上班的时候曾被上司请去家里。公司职员的家往往距离市中心很远，距离车站也不近。虽说厨艺拿手的上司太太准备了很多佳肴，但毕竟不是朋友关系，我在他们家感觉一点儿都不自在。现在能回想起来的只有疲惫感。

即使上司主动邀约，如今的年轻人也会断然拒绝："是关于工作吗？如果不是，休息日我要自由，所以抱歉了，我不去。"

昭和时代，公司里有家的气氛，但现在的年轻人觉得没这个必要。我刚进公司的时候，经常听前辈们抱怨"现在的年轻人啊，居然敢拒绝同事聚餐，跑去约会了"。如今轮到我对"现在的年轻人"样样看不惯了。

正因为如今的家和职场的界线被划分得清清楚楚，才会有企业设立家庭日，努力缩小两者间的距离。虽然我不认为孩子们参观公司后就能理解父母的工作，但应该能增进他们对父母工作的亲近感。我觉得父母的工作对孩子的影响很大，看看周围就知道——很多人年轻时叫嚷着"不要"，后来还是继承了父亲的公司或找了份与父母的工作比较接近的职业。子女就业问题一定会受到父母职业的影响。

比如，虽然比例上不及子承父业的政治家那么多，但两代人都是作家的有很多。父母写书，子女也出书，且两代皆成功的实例数不胜数。其中还有像幸田露伴①那样四代人都是作家的——虽然没有什么"第四代露伴"的名号，但"作家"这种职业似乎比较容易延续。

另一方面，也有难以实现"子承父业"的职业，比如职业棒球手。父子都是棒球选手的例子并不少，但父子都是棒球明星的却罕有。

这是因为如果父母都是文字工作者，家里就一定会有很多藏书，孩子从小就会对纸上的铅字耳濡目染。在这样的家庭里，很多父母不限制子女购买书籍，还经常带孩子去图书馆。

---

① 幸田露伴（1867—1947），日本小说家、散文家、考证家、汉学家。在日本知名度颇高。

在职业棒球选手的家里也一定会有很多球棒、手套等，孩子从小去看父亲比赛。这样一来，虽然很容易走上棒球手的道路，但想要开花或是保持开花的状态则非常困难。

在文字工作者的家庭里，比如思想家吉本隆明[①]的女儿是小说家吉本巴娜娜，虽然同样是写作，却活跃于不同的领域。棒球手则只有打棒球一条路，儿子必须和父亲在同一领域一较高下，这一点令人非常痛苦。

说起来，我父亲并不是文字工作者，但他在出版社工作，所以我算是选择了与父亲比较"接近"的职业。确实，我从小离书很近，这是我选择这份职业（并非刻意选择，而是顺其自然地变成现在这样）的原因之一。

即使新书出版或在杂志上发表文章，我也不会主动告诉父母，他们有自己的办法买来看。对他们的这种做法，我能感受到爱，心存感激，但也觉得非常害羞。自年轻时起，我笔下就有很多与性有关的玩笑话，不好意思拿给父母看。

也许父亲更希望自己的女儿嫁做人妇，成为全职主妇，多生些孩子。当他意识到我决定这辈子靠笔杆子吃饭后，曾非常失望地感慨："我原本希望看到顺子写一些像田边圣子[②]那样的作

[①] 吉本隆明（1924—2012），日本知名批评家、诗人、理论家，反战活动家，提出二战后新左翼理论，严厉批判二战前某些鼓吹战争的日本作家，曾表示"无法接受靖国神社的存在"。著有《我的战争论》《艺术的抵抗和挫折》《抒情的理论》等。
[②] 田边圣子（1928—2019），日本女性小说家，作品以爱情小说为主，曾获芥川文学奖。

品……"换言之，他希望女儿写的是那种笔调幽默却毫不下流、有教养的作品。

母亲把父亲的话转述给我听，我当即觉得"办不到"。但最近我也开始写一些适合给长辈看的书，偶尔也会觉得"好想拿给父母看看"。

事到如今，我很后悔没有和父母多聊聊关于书籍的事。父亲是因为爱书才进了出版社，一生书不离手。但孩提时的我对父亲的工作根本不感兴趣，也不关心他在读什么书，更不关心他桌上放着什么书。

我倒是偷偷看过母亲读的书，特别挑了濑户内晴美小说中的色情部分，一个人边读边傻笑。

所以当还是小学生的侄女来我家时，比起打扫或其他，我最卖力的是先把那些少儿不宜的书藏起来，比如洗手间里的青年杂志里有性描写，必须收走；刊登连载的报刊上有很多艳照，当然也得收起来；还有豪华版的春画画集，实在太大、太厚，都不知道该藏在哪里。

我给侄女买漫画的时候会纠结于"内容是不是太刺激""看完会不会太伤心"，但转念一想，又觉得很可笑。明明我自己还是小学生的时候，在附近的空地或店铺里坐着、站着专注地看了那么多情色读物呢。

侄女也很爱看书，还参加过地区的作文比赛，得过奖。我看过那本文集，她那种自虐式的风格感觉和我还挺像，但她应该没读过我的书……很高兴她喜欢看书，但作为姑姑，我对她的将来稍稍有些担心。

对我这个只爱看情色读物的女儿，我觉得父母是担心过的，但他们没有强行让我看优良读物，甚至放任不管我，这一点，让我觉得他们"好厉害"，以至于我至今都没读过那些被认为是小学生应该看的优良读物，比如《小王子》《小妇人》之类的。

父亲的藏书中，唯一影响到我的是内田百闲①和宫胁俊三的作品。我上中学的时候，父亲买了宫胁俊三的《时刻表上的两万公里》，这部作品记录了他在出版社工作之余最爱乘坐火车行遍日本铁路线的故事。

我当时的读后感是："铁路真厉害！"但中学时的我还不具备"说走就走"的行动力，真正喜欢上铁路是在长大以后。我还喜欢父亲藏书里那本内田百闲的《阿房列车》。与其说我喜欢铁路，不如说我喜欢铁路旅行。

宫胁俊三和父亲是同龄人，职业比较接近，因此父亲会对他很有亲近感吧。但父亲喜欢开车，几乎没怎么乘火车旅行过。现在想来，也许父亲很憧憬像宫胁那样周末离开家人一个人去旅行的生活方式。

回头看看，自己的职业选择可能真的受到父母的很多影响。无论是情色还是铁路，如今对我而言都必不可少。

对现在的父母而言，如果孩子从事互联网技术行业，他们肯定弄不清楚孩子在做什么吧。相比之下，如果父母和孩子能共享铅字的世界，应该是一种幸福。

在我孩提时代，去父亲公司时印象最深的是书香味儿。因为

①　内田百闲（1889—1971），日本明治至昭和时期的小说家、散文家。

是出版西方书籍的公司，所以书库里摆满了外文书。我觉得外文书和日文书的味道是不一样的。我喜欢在幽静的书库里被那种味道包围的感觉。

最后一次闻到那种味道已过去很久了。如果能再闻一下，我一定会一下子变回小时候的模样，抬起脸天真无邪地望着热爱书籍、专心工作的父亲的脸。

13

家传的妙味

歌舞伎是日本引以为豪的传统艺术，演出成员几乎都是同一家族的成员或亲戚，属于特别罕见的剧种。比如由父亲出演男主角，儿子担任"女形"①，于是舞台上会出现父亲跟儿子搭讪的情形。我观看的时候总觉得"对不起"。

歌舞伎的拥趸会觉得父亲与儿子共演的爱情戏"很棒"，家人一起出演是歌舞伎的魅力之一。

正因为是和家人一起出演的剧种，所以歌舞伎不仅要看，还要持续看，才更有味道。

当歌舞伎之家的儿子以儿童角色登场时，观众会自动进入奶奶模式，大呼：

"太可爱了！"

实际上，歌舞伎中出演儿童角色的不止这个家里的孩子，还有属于剧团的其他儿童演员，但观众给予这个家的儿子的掌声明显多过其他人。由此可见，观众就是来看血脉相连的演出的。

随着那个孩子的成长，观众会欣慰地笑着说：

---

① 出于历史原因，日本的歌舞伎中没有女演员，由男舞者模仿女性形态，称作"女形"。

"我是看着他长大的。"

再过一段时间，孩子长成大人，一直观看他表演的观众会互相感慨：

"越长越像他父亲。"

"和他爷爷一模一样。"

歌舞伎的拥趸不只是在看表演，他们看的是"一家人如何传承或无法传承"。随着时间的推移，演员一家人的存在方式一直在发生变化。观看歌舞伎的意义就在于确认这样的变化。

在歌舞伎的世界里，如果不是名门之子，就没法演到好角色。虽然有少数人天赋异禀，像阪东玉三郎[①]那样成为歌舞伎名家的养子，但基本上，只有那些生在歌舞伎世家的人才会有锦绣前程。

据说前进座[②]这样的剧团是由反对歌舞伎界血统主义的人创办的。仅仅因为不是出身于歌舞伎世家，所以无论多努力都没法出头，自然会有人为此感到不满。这些人创办自己的剧团也无可厚非。

然而若要问：严守家族制度的保守派歌舞伎和凭实力成为明星的民主派歌舞伎，哪个更受欢迎？答案肯定是前者。后者经年累月的变化只会落得："这个演员已经老了。"但在歌舞伎的世界里，出身于世家的男孩先是作为儿童角色初登舞台，长大成人

---

① 坂东玉三郎（1950—　），日本歌舞伎女形演员，曾来到中国师从张继青学习昆剧，师从梅葆玖学习京剧。代表作有《牡丹亭》等。

② 前进座剧团，由河原崎长十郎主持、创办，是既演出歌舞伎又演出话剧的左翼剧团。

后留下子孙，随后死去……这种家族绵延的风貌，正是保守派歌舞伎独有的。

在这一点上，对歌舞伎的鉴赏与对皇室的关注非常相似。两者都是男孩出生后几乎不可能选择其他职业的"家"。留下子嗣，让家族延续，这是他们的责任。

无论这个世界变得多么"民主"，在这样的"家"里，女人永远不可能继承家业，只能是自始至终支持男人的存在。

如今这种必须延续下去的家族变得非常稀有。像我家这样的，即便走向消亡，大家也只会轻描淡写地聊几句：

"虽说这个家延续不下去了，但也没什么吧。"

"不知道他们家的墓地以后要怎么处理。"

……

正因为世道变成如此，我等草民才乐于对出生在那样的家里的人评头论足。对歌舞伎演员而言，"让家族延续下去"是艺术的一部分。即使没看过歌舞伎，也可以对歌舞伎演员的花边新闻津津乐道，因为与歌舞伎这门艺术不同，"让家延续下去"这个话题谁都可以参与。

电视台曾跟踪报导过中村屋一家[1]和成田屋一家，还定期播出纪实节目。观众们像在聊自己亲戚家的事那般议论着：

"勘九郎实在太像他父亲了。"

"劝玄年纪那么小，却已经表演得那么棒了。"

……

————————————

[1]　中村屋和下文的成田屋等都是日本歌舞伎世家。

对天皇家的事也如此议论着：

"浩宫殿下已经很有皇家风范了。"

"悠仁殿下还是很像他父亲的。"

……

日本人谈论这些就像谈论天气一样随便。在家族越来越难以延续的时代，无论歌舞伎世家还是天皇家，给我提供的都是关于家族延续的幻想。

这样的传统家族还背负着被围观、遭批评的命运。人们会关注他们的家族经历祸与福时的强烈反差。

比如中村勘九郎一家。现在的勘九郎是第六代，他父亲是第十八代勘三郎，2012年才五十七岁就与世长辞。

第十八代勘三郎是歌舞伎界屈指可数的名角，他的过世无论对整个歌舞伎界还是对这个家族而言都是巨大的悲剧。好在那时候，他儿子勘九郎已经有了自己的儿子，所以中村屋家可以延续下去……这种祸福相随的故事令世人泪光闪闪。

还有第十一代市川海老藏，他和小林麻央结婚并生下长女后，其父第十二代市川团十郎于2013年过世。之后没多久，市川海老藏的长子出生，但很快，小林麻央患癌症过世……祸后得福，福后逢祸……家族命运在激烈的旋涡中起起伏伏。

海老藏在电视节目中曾说：

"我并不想留下功绩，而想留下人。"

他所说的"人"当然包括他的弟子，但主要是他的孩子。把儿子培养成了不起的名角，让成田屋再延续三百年，这才是重中之重。与此相比，自己的功绩根本不值一提。

歌舞伎的拥趸和歌舞伎世家的拥趸都因他的这番话而感动不已。想当初，他也曾在夜半时分的西麻布跟小混混打过架，如今却能说出如此有分量、有深度的话，很多人都会有一种"自家孩子长大了"的满足感。

天皇家的祸福也是世间看客的心头好。皇室成员结婚生子时，全民狂喜。同样地，如果出现严重问题，世人的眼神和看他们家办喜事时一样闪闪发亮。

最近大家喜闻乐见的皇室话题应该就是真子公主的结婚问题吧。得知她订婚，大家都为她感到高兴："姐姐虽然没有妹妹看上去那么耀眼，但至少好好享受了青春，太好了。"然而当她的未婚夫被曝出了各种问题，大家又都变身为七大姑八大姨，纷纷发表高论：

"那种皇室成员怎么可以自由恋爱？一定要父母介绍才行。"

"果然是深闺中的公主，不懂得看男人。"

还有人会对英国王室评头论足：

"黛安娜王妃要是现在还活着，不知她会怎么看待眼下这个儿媳妇……"

像皇室或歌舞伎家族那样同族继承同一职业的模式如今绝非主流。一般的企业中，如果只因是同族，就让能力一般的人坐上最高职位，那家企业肯定好景不长。相反，虽然不是企业的创始人，但凭本事做到最高职位的实力派受到越来越多的关注。

不过我倒觉得，正因为如此，现在我们更应该重新认识"同族的力量"。最早是同族经营、后来把第一代创业者撤出管理层的企业一旦陷入危机，能让企业起死回生的往往是从创业者同族中挑选出的继承者，比如丰田汽车，选一个姓丰田的领导，能唤起员工的忠诚意识，给人一种"天神降临"的感觉。

日本人从古至今都不讨厌这种方式。也许是受武士时代的影响，像武士的大名家那样，歌舞伎世家、天皇家都是必须让家族延续下去的系统。如果没有子嗣，就会被没收领地，所以殿下们一定会娶个三妻四妾，拼命让家族延续。

看《忠臣藏》时，我感觉侍奉主公的家臣都陶醉其中。作为赤穗藩主的浅野内匠头在江户城受吉良上野介愚弄，当众失态，气愤至极。砍伤吉良后，因行事违法，被判切腹——这是忠臣藏事件的开端。之后，大石内藏助等四十七名家臣为藩主复仇，讨伐吉良后也都切腹自尽。

如果当时的浅野内匠头是职业经理人的类型，是从外面招聘来经营藩地的主公，那四十七名家臣还会为他切腹尽忠吗？我觉得，正因为他是浅野家的亲儿子，家臣们才会怒吼着"吉良不可恕"，以死表忠心。

浅野内匠头幼小时父母双亡，家臣们如待自己家人一样看着这位藩主从小长大。这也是导致复仇悲剧的原因之一吧？

儒学重视对亲"孝"，对君"忠"。在深受儒学影响的江户时代，无论是"亲"还是"君"，都是位于自己之上的存在，必须服从。我觉得这种精神已经深入日本人的骨髓。儒学还经常教人要为了忠孝而为难自己到不寻常的程度，而周围人则会对这种行为大加赞赏："了不起！"

四十七名家臣的复仇与切腹都是为难自己的表现。他们在藩主死后长期蛰伏，终于成功复仇。其实他们明知复仇后自己必须切腹自尽，却依然决定执行。我觉得在他们的举动背后有一种"不多废话、服从上级、尽忠即可"的自我陶醉感。

之后，日本社会发生巨变。明治时代被誉为文明开化的时代，切腹和冲天辫都成为过去式。第二次世界大战后，日本越发民主化，旧家制度也随之解体。不再有所谓的"人上人"或"人下人"，以前那种绝对服从上级的意识越来越淡薄。

不过我觉得，那种想陶醉于忠孝之中的欲望依然存在于日本人心中。称呼丈夫为"主人"、凡事以"主人"为中心、对"主人"言听计从的妻子有很多。职场上也有绝对服从上司、服从工作的日本人……

绝对服从上级的体系并不人道，却有"不需要自己去思辩"的省心部分。一门心思地服从某人，直至自我消失，这确实容易让人产生陶醉感。而在民主平等的世界中，必须时刻保持自我清醒，三思而后行。因此，日本人才会对"绝对服从上级"的往昔抱有乡愁般的情感吧。

在家庭形态越来越多样化的今天，代代相传的传统家庭变得越发珍贵。

虽然官二代、官三代的议员受到越来越多的质疑，但因为他们来自政治世家，所以总能成为强有力的候选人。那些对血脉相传抱有某种期待的日本人一定会为他们投上一票。

歌舞伎的世界也一样。舞台上，传统的家族形态得以再现，如此荒唐的故事一再上演。表演这些剧目的歌舞伎世家子必须传宗接代，男女间的主从关系必须区分得清清楚楚。无论是戏剧还是现实，歌舞伎拥趸们想玩味的正是这种古典家族所特有的昔日味道。

　　天皇家也是如此。承受着最高等级的"必须延续下去"的压力，天皇家正面临严峻的延续危机。歌舞伎世家如果没能生儿子，至少还能收养子，天皇家可不行。

　　如此想来，天皇家将不得不直面家族多样化的现状。先前曾热议过的"女王""女性宫家"等话题因悠仁皇子的诞生而得以暂时搁置，但如果悠仁皇子以后没能生儿子，那么天皇家真的只能绝嗣！然而如此严重的危机被真子公主的婚姻话题分散了注意力，以至于大家都对此视而不见了。

　　如果天皇家绝嗣，日本会怎样？日本的家庭观一定会发生巨变吧……当我思考这些问题的时候，我自己已经站在家庭消亡的路口了。既想看看没了天皇的日本会怎样，又因为热衷于讨论皇室话题的氛围而希望天皇家继续延续——这就是如今的日本人同时拥有的两种矛盾心理。

14

放开父母的手

每年长一岁，我都深切地感到：父母对我的影响实在太大了。

年轻时几乎意识不到自己与父母的联系，还时常觉得："父母和我只是碰巧成为家人，其实完全可以说是'他人'。"

然而随着年岁增长，我身体里"父母所带来的"那部分的比重越来越大，以至于我不得不承认：我就是那对父母的孩子。

比如我的面容像父亲，身体像母亲，而且相像的程度逐年递增。岁数一天天上去，我的皮肤开始松弛了。看着镜子里的自己耷拉的眼角，一下子想道：

"爸爸……"

在一些不经意拍下的照片里，我看上去甚至像我的爷爷。

同时，脖子下方和手背上的血管青筋暴起的模样，以及肱二头肌的形状，都会让我想起：

"妈妈……"

我的体质和母亲也很像。年纪越大，脾胃越虚弱。记得母亲也说过，她晚间不爱吃东西，因为胃会不舒服。现在的我深有同感。另外，怕冷这一点也像她。如果母亲至今还活着，我一定会对她说：

"妈妈，你真不容易。"

我们一定经常聊聊只有我俩能听懂的"关于身体的话题"。

就连咳嗽的方式也和我母亲一模一样。身边的朋友中也有几位跟她们的母亲极为相似，比如我学生时代的一位朋友——她母亲我也认识——学生时代的她简直就是她母亲年轻时的翻版。多年后，在一次同学会上，她走进来的一瞬间，我甚至误以为是她母亲来了。

这是父母传递给孩子作为生物属性而言极其强大的"某些东西"，是从很久以前一代又一代祖先传下来的"某些东西"，而我不由得感到自己现在正在试图阻止这样的传承。

像这样，如果只看外表，我会以为"人类没什么变化"，也会以为人类的内在与外表一样，将没什么变化地传承下去。

我完全没有遗传到母亲那种开朗、外向、不怕生的性格优点，却把缺点都继承了——对母亲抱有嫌恶的心理、渴望被承认的强烈诉求、明明不懂却假装懂得的逞强性格……越是年长，我就越能认清自己的这些性格特点。

"这也是遗传？不是因为长期与母亲共同生活而耳濡目染地被她影响？"

一想到这些，我心里不由得咯噔一下。

此外，我对婚外恋的态度一直是："既然是凡人，动了情就没办法。"这应该也是受到母亲的影响。上文提过我母亲对婚外恋的态度，所以我的整个青春时代，乃至直到现在，都对此不以为然，以为"人嘛，很正常"。相反，如果父母的感情一直很融洽，而自己婚后却遭遇背叛，就一定会感觉难以忍受吧。当然，这些人发生婚外恋的可能性也会比较低。

父母对孩子的影响之大，真的难以估量。

在我所喜爱的乒乓球界可以找到非常鲜活的例子。

当下的日本乒坛有一群以张本智和①为首的天才少年少女。虽然被称为天才，但他们并非仅凭天分就打好球的。他们在两三岁时就被父母教导着拿起球拍开始特训，如今才能成为驰骋世界的选手。在乒乓球界，如果没有父母的意志强制，就很难成为顶尖选手。

然而这种教育方针有时也会起到反作用。曾在报上读到过一篇关于女性志愿者的采访，她的工作是为那些与父母关系淡薄的孩子提供帮助。

问其原因，她说是因为在自己儿时，父母把他们的梦想强加于她，经常打骂她，强迫她练习乒乓球。为了逃离父母，她曾走上歪路。但后来，渐渐地，想为孩子们做点儿事的心情变得越发强烈，于是对父母的失望转化为对其他孩子的温柔。

这篇报道深深地触动了我。除了那些被媒体追捧的天才少年少女，还有很多孩子从小接受了特训却没能成为张本智和。培养出世界级选手的父母收获了赞美，被誉为"懂得教育孩子的伟大父母"；没能获得成功的父母则会被冠以"将个人私欲强加给孩子的问题父母"这一头衔。

在敦促孩子学习方面也是如此。很多孩子从小被父母要求努

---

① 张本智和（2003—　），日本乒乓球运动员，生于日本宫城县仙台市。祖籍中国四川，原名张智和。曾获世界青少年乒乓球锦标赛男单冠军，2020年获东京奥运会乒乓球男子团体比赛季军。

力学习，其中并非所有人都能在学习上获得成功。以我认识的人来说，有些精英人士的父母本身就是高学历的教育者，但也有恰恰相反的，结果是前者的父母被夸奖"懂得教育"，后者的父母被骂成"问题父母"。

"问题父母"这个词近年来受到瞩目，其实早在这个词出现之前，这种现象就已经存在。电视剧《初三B班金八老师》中就有这种过分干涉孩子或强迫孩子学习的父母，用现在的话来说，就是"问题父母"。

这部电视剧最早播放于昭和五十四年（1979年），那时正流行"教育妈妈""母子关系紧密"之类的话题。当时的很多女性结了婚就会辞职，在家里做全职主妇。那些母亲会把自己未完成的梦想寄望于孩子，期待着"虽然我没能做成，但希望我的孩子可以……"。

当时的初中生或高中生，他们的父母都是在二战末期或战后的混乱时期度过了自己的儿童时代。这些父母经历过日本的贫困年代，之后在日本经济高速发展期成为大人。他们希望让自己的孩子过上比自己以前更好的生活，也有能力做到这一点。

这样的父母很容易成为现在所说的"问题父母"。当然，在他们那一代父母之前也有过对孩子进行强压式的教育、粗暴干涉孩子前途的父母。但以前的强权父母不能称之为"问题父母"，因为在封建时代，父母想当然地拥有决定孩子一切的权利，孩子却没有说"不"的权利。

在孩子有可能意识到并大声说出"我父母是问题父母"的民

主社会中，"问题父母"的问题得以凸显。当我还是孩子的时候，日本社会是民主且和平的——父亲忙于工作，无暇顾及家庭；母亲是全职主妇，整天待在家里……在这样的社会环境下，母亲很容易与孩子太过亲近而导致诸多问题。当时的母亲们不必为"不知明天能否吃饱"而发愁，却会莫名地不安、不满。丈夫不会懂得她们的这些情绪，她们只能选择在孩子身上实现自我。这样长大的孩子也就容易觉得："自己的人生之所以不顺，原因都在于父母。"

比如得了厌食症的人会将原因归结于一直被父母强迫着吃太多；比如犯了罪的人会把原因归结为小时候被父母强迫学习，压力太大。以前，"问题父母"一词还没有广为人知的时候，父母作为生育孩子的责任方就已经开始被问责。

凡事只要能找到理由就神清气顺了。很多人都会把自己人生中的问题归结到父母头上，以此求得心理安慰。人生不如意，不是自己的错，都怪父母啊。如此，就能从重负中得到解脱。

到了我这一代，越来越多的父母被称作"问题父母"，很多人深有同感："我父母也是。""问题父母"一词渐渐走红，甚至有人把自己"问题父母"经历出版成书，不少知名作家也在书中写下关于"问题父母"的体验。"问题父母"似乎成了激发孩子表现欲的存在——"我父母也是问题父母"之类的告白和"我有发育障碍"一样，成为人们热议的话题。

书写"问题父母"体验的大部分是女性，这也许是因为母亲对女儿总抱有诸多复杂的感情——因为自己只是专科毕业，所以希望女儿尽可能去读偏差值高[①]的本科大学；因为自己结了婚就辞去了工作，所以希望女儿能成为女强人……明明这些都是做母亲的所期待的，可一旦女儿果真过上了母亲认为优渥的生活之后，做母亲的又会突然心生嫉妒："你倒好，可以做自己想做的事，想当年我……"

又比如有的母亲时常告诫女儿"不要乱搞男女关系"，强制女儿过干净的生活，但是等女儿过了一定的年纪，却开始不停地催促："你怎么连个男朋友都没有？""我好想快点儿抱外孙。"然而她们只会在嘴上唠叨，并不操心帮忙介绍相亲等事情，一切都推卸给女儿，认为"你自己应该找得到吧"。还有一些母亲原本时时告诫女儿别去想关于性的事情，却从某天开始，突然急躁地叫女儿快点儿去找个人去干那种事，令女儿困惑不解。

女性的生存之道一直在变化。母亲的教育方针与女儿的生存方式之间很容易产生裂痕，这些裂痕会催生出毒素，不断地侵蚀着女儿的人生。

我也曾想过把自己性格的扭曲和人生的不幸怪罪到父母身上。那些想改却怎么都改不掉的坏毛病；明明喜欢做多数派，却总是不自觉地选择了成为少数派……如果把这些都归结于父母，即使阴暗的部分并不会消失，但至少可以获得"原来是这样"的解脱感。

但我的父母并没有恶劣到那种让我能大声喊出"他们是问题

---

① 指录取分数线比平均录取分数线高出很多。

父母"的程度。

上文已经提到，我的原生家庭不是那种欢声笑语不断的类型，我也绝不像时下很多年轻人那样说什么"我最喜欢父母"或"我尊敬的人就是父母"。

但我的父母至少花费了很多时间、精力和金钱把我养大成人，也从没打骂过我，从小到大都给我穿干净的衣服，给我吃营养丰富的食物。当我咀嚼黄瓜发出清脆的声响时，他们会夸我："啊，这声音真好听！"虽说在我家，明亮与晦暗的对比十分明显，但我的父母确实在我身上付出了十二分的努力。他们往我身上注入的与其说是"问题"，不如说是味道浓烈的"趣味"。

长大以后，我渐渐明白一个事实："父母也是由他们的父母养大的孩子。"结合父母所处的年代，就能理解"难怪他们会成为那样的人"了。自己的性格与人生，都是父母、父母的父母乃至更上一辈……形形色色的人物交织在一起，因果纠缠所致。

我迄今没有结婚，肯定是因为父母的夫妻生活并不美满……虽然有时我也会这么想，但其实这只是借口。把责任推到父母身上，自己就不用承担了。"错不在我，我只是没办法。"只要这样想就好了。

然而如今由不得人们把各种不幸或不顺怪到父母身上了。虽然父母的遗传和教育方式对孩子的影响确实很大，但人生绝不是仅仅由父母的遗传或教育方式所决定的。年轻时还能怨怼父母，但过了青春时代，就是"咎由自取"了。

即使父母没有教过孩子怎么拿筷子，等到了一定的年纪，孩子也会发现"自己拿筷子的方法好奇怪"，并自行改正过来。同样地，性格扭曲的人一开始尚且能怪罪父母，但接下来还是得靠自己去解决。

　　我的相貌越来越像我父母。还有人说，我的声音和我母亲几乎一模一样。到了自己做父母的年纪，也就意味着必须在内心与父母道别了。把遭遇过不幸或走过弯路怪罪到父母头上，说到底，依然是对父母的依赖和撒娇。如果来自父母的影响并不是很好，就靠自己的能力去解决问题，这才是真正意义上的"放开父母的手，走自己的路"。年过五十的我如今就是这样想的。

15

"一个人"的家庭形态

构成日本家庭的人数正在不断减少。

一项"国民生活基础调查"结果显示，昭和二十八年（1953年），日本平均家庭人口为5.0人，也就是说，二战后的日本经历"婴儿潮"之后，平均一个家庭有五口人。当时还有人数更多的大家族，都不足为奇。然而之后，每个家庭的人口却不断减少，到了平成二十八年（2016年），平均每个家庭的人口降至2.47人。六十年来，每个家庭的人数减少了大约一半。

"普通家庭"的形态一直在改变。经济高速发展期有个流行语，叫"核心家庭"，指由父母和孩子组成的两代人家庭。在那之前，很多家庭都是和祖父母共同生活的三代同堂，甚至还有与用人、书生①等外人共同生活的大家庭。

然而，二战后的日本重创初愈，家庭成员大幅减少。随着个人主义倾向日益严重，即使是一家人，越来越多的年轻人也渐渐不愿意和老人同住。

特别是年轻媳妇，不再愿意与公公婆婆同住。在经济高速发展期，很多年轻女性认为结婚后必须要有自己的房子和车子，但

---

① 主要指明治、大正时期寄宿在他人家中边打杂边求学的高中生或大学生。

她们又不想和婆婆住在一起。当时有句流行语——"有房、有车、无婆婆"——形容这种择偶标准。

《海螺小姐》是日本战败后初期开始连载的漫画，展现了"核心家族"风潮之前的日本家庭画像。已婚已育的海螺住在娘家，在当时很是特殊。这类从祖父母到儿孙辈三代七口的大家庭如今只在农村可见了。

《樱桃小丸子》[1]描写的是三代同堂的六口之家。出生于经济高速发展期的小丸子与我差不多算是同代人，也许我们都是经历过三代同堂的日本最后一代。

如今，《海螺小姐》《樱桃小丸子》里的那种大家庭已成为一种奢侈的愿望，被喜欢待在客厅（这一点也已成为奢侈的愿望)的人念念不忘。中年人或长者看到矶野家[2]和小丸子家的时候，总会特别感慨那种"老派却又美好的日本家庭"。年轻人看小丸子等动画片则像是看古装剧似的大惊小怪："居然有这么一大家子共同生活的时代啊！"像《老爸》[3]这类展现当代大家庭日常生活的纪录片之所以大受关注，也是因为"一大家子"这种形态如今实属稀罕。

平均家庭人口数量减少的原因在于三代同堂的家庭减少和出生率下降。此外，还有一个重要原因：单身家庭，也就是一个人过日子的越来越多。

---

[1] 漫画家樱桃子于1986年开始连载的四格漫画，1990年改编为动画片播出。
[2] 即《海螺小姐》中的家庭。
[3] 原文为"*Big Daddy*"。

据平成二十七年（2015年）的调查统计，单身家庭所占的比例已经超过"夫妻和孩子""丁克家族""三代同堂"等家庭形态，在所有家庭类型中占比为34.5%。换言之，"一个人生活"已成为日本最普遍的生活方式。有专家预测，这一比例将在2040年升至40%。届时，也许不能再把"family"翻译成"家族"了，因为根本没有"族群"。或者说，"家族"的概念正渐渐演变为"共同生活的人"。

为何一个人生活的会越来越多？因为人们越来越不想结婚了。以前是婚前住在娘家、婚后住在婆家、老了被孩子或孙辈照顾等模式，别说是一个人生活，很多人甚至一辈子都没经历过"核心家族"。然而这类人现在已成了濒危人群。

越来越多的单身者离开父母家，一个人生活，直至最后时刻。也有单身者一直住在父母家，但等到父母过世，这种人还是得一个人生活。

即使结婚生了孩子，步入高龄，仍有可能是一个人生活。虽说如今人的寿命越来越长，但夫妇俩未必都能长命百岁，大多数情况下，夫妇中的一个先过世，另一个则留在世上，余生都是一个人生活。特别是女性的平均寿命比男性长，丈夫过世后，一个人生活的老太太特别多。

一个人生活的这类人很容易被不是一个人生活的那类人视作可怜。大家庭常常被视作"相亲相爱""热热闹闹"的，所以大家庭里的人不会被人说成"可怜"。但对于一个人生活的这类人，特别是孤老，人们很容易好奇：

"您不寂寞吗？"

"不担心最后会孤独老死吗？"

我想问：一个人生活真的可怜吗？越来越多的人之所以选择一个人生活，最主要的原因还是因为一个人更快乐。我出生的时候是三代五口之家，后来是四口之家（奶奶过世），然后是三口之家（哥哥结婚后搬了出去），再后来一口之家（我自己搬了出来）。现在，我和别人同居算是两个人生活。我觉得一个人生活非常自在。当然也有寂寞的时候，但不必在意别人的感受这一点真的特别省心。

一个人过久了，会觉得"已经无法想象自己和别人一起生活了"。有的人觉得，年纪越大越容易寂寞；也有的人说，正因为年纪大了，才更喜欢一个人过。

据说有一个地方，比起独居老人，和家人一起生活的老年人自杀得更多。若是和晚辈同住，周围的人会以为："和家人一起过会很安心吧。"但说这些话的人不会明白，和晚辈们在一起时的寂寞比一个人时的孤独更甚。晚辈们各有各想做的事，老人和他们待在一起时越发感到孤独。

一个人生活的老人如果习惯了这种生活方式，就会给自己找乐子。周围的人也因为知道"那位老人一个人生活"而对他多加照应。一提到"独居老人"，大部分人会立刻联想到不幸和寂寞，但其实很多独居老人并不寂寞，反而有些幸福。

日本人很不喜欢"麻烦别人"。新闻报导说，东日本大地震过后，为了不给避难的家人添麻烦，很多老人选择了自杀。即使不是在避难时期，自幼被灌输了"不能给人添麻烦"想法的日本老人每天和子女生活在一起时，都会担心自己是否给孩子们添了麻烦。

如果是一个人生活，就不可能"给别人添麻烦"了，还能从介意着"别人怎么看日益衰老的我"之类的忧郁中解脱出来。

比如老人吃饭时不小心撒了食物，如果和家人一起住，家人会一边收拾着或是帮老人擦着嘴角，一边心想："奶奶已经老得没办法好好吃饭了。"在这种情况下，家人也许仅仅只是有了"照顾老人"的感觉，但老人会觉得"给别人添麻烦"的自己很没用。

如果是一个人生活，就完全不用介意他人的视线，想撒掉多少就撒掉多少。撒得再多，反正是一个人，没有人会嫌弃自己。甚至可以边撒边吃，吃完了再慢慢收拾。

再比如老人到了无法站立行走的时候，同住的家人肯定无法忍受，会选择送老人去养老院。虽说养老院也不错，但如果一个人生活，就完全不用在意行走的姿势或速度。走不动了，可以爬，想怎么爬就怎么爬。只要老人自己不觉得辛苦，爬着挪动也很自由。

我已经想好了，等我老了，若是同居的男人先走一步，我就尽可能一个人生活下去。那样就不用在意他人的眼光，可以自由地老去。

我认识一位八十多岁的独居老太太，身体有各种不适，周围的人都劝她去养老院，但她坚决不同意。一直以来，她过惯了一个人自由自在的生活，到了人生的最后阶段，她更不愿放弃这份宝贵的自在了。布置得雅致、有格调的公寓房间就是她的城堡与家园。

当然，独居老人有必要做好万一有个三长两短的准备。一旦猝死，可能死后很久都不会为人知晓。为了避免发生这种情况，一定要与他人每天确认是否安好。

我母亲一个人生活的时候，为了确认她是否安好，我每天早上都和她发短信。当时她才六十多岁，原以为发生不测的概率会很低，没想到她偏偏就在某个早上倒下了。由此可见，独居老人不一定要有家人，但绝对有必要和朋友或熟人保持联系。

前阵子NHK①播放过一部纪录片叫作《七位一起生活的单身女人》②。我很投入地看完了。七个女人之中，有一直努力工作的，有从未结婚的，还有结了婚又离婚的……都是上了年纪的单身女性，她们分别买下了同一栋公寓楼的不同单间。这部纪录片讲述了她们互相帮助、共同生活的点点滴滴。

很多人都会憧憬这种生活吧？年纪越大，越觉得比起家人，好朋友更难能可贵。但即便如此，和朋友一起生活？我做不到。不过，如果有朋友住在附近，倒是会感到安心。

那七位女性将这种状态称作"与朋友保持亲密关系"。保持各自的隐私，同时互相帮助，时常交流。即便如此，寂寞的时候还是会寂寞，在一起的时候还是会意见不合，不安与烦恼更不会自动消失。

这样的生活模式以后一定会越来越多吧？正因为年纪大了，所以更想一个人生活。不过偶尔还是需有人帮帮忙……到那个时

---

① 日本最早开始广播业务的电视台。
② 2018年12月在日本播出，又译为《七位单身老太太共同生活的十年》。

候，"与朋友保持亲密关系"就会非常奏效了。

其实我现在的生活模式就接近"与朋友保持亲密关系"的形态。我那些从小学时代就认识的好朋友虽然并不都是独居者，但大多住在同一个区。

我们的住所之间是可以随时联系说"我收到很多橘子，你拿一些去吧""一起看红白歌会①吧"的距离。等年纪再大一些，估计不再会为了和朋友吃一顿饭而大老远地跑去西麻布②了，因此近处就有朋友，令人感觉安心。

不过，有两类人可能会比较艰难：老年男性和曾经的职业女性。退休后的老年男性被形容为"濡湿的落叶"，就是这个原因。一直做全职主妇的人，身边会有很多同为妈妈的朋友或老家的朋友，但一直在外工作的女性和老家的朋友交情就浅了。长期外出工作的女性退休之后，可能就会变得和"濡湿的落叶"般的老爷爷一样了。

《七位一起生活的单身女人》中登场的都是曾长期任职的女性。她们并非原本就是朋友，而是因为赞成与朋友保持亲密关系这一理念而聚到一起，成为朋友。正因为她们曾长期任职，所以有行动力，为自己开拓了与朋友保持亲密关系的新方式。

合租屋也许可以说是"朋友保持亲密关系"的青年版。合租屋里既有能确保隐私的个人空间，又有可以在寂寞的时候找人聊天、吃饭的共同空间。现代人身上兼有"爱独处"和"怕寂寞"

---

① 日本NHK电视台每年年底举办的大型歌唱晚会。
② 位于东京市的港区，附近有较多的高档饭店和夜店。

两种性格，无论是老人还是年轻人，都在寻找可以同时满足这两方面需求的居住形态。

如今不仅是高龄者，而是各个年龄段都有喜欢一个人生活的人。但一个人生活的比例增加，并不意味着夫妻与孩子共同生活这种传统家庭会就此消失。在一个人生活的人不断增多的当下，和家人同住的人能够分外感受到"有家的幸福"是稀世珍宝，进而选择好好地珍惜，充分地享受。

我觉得那些人在社交媒体上展示"有家的幸福"，对正因"少子化"而发愁的日本而言，并不算坏事。将来有可能结婚的年轻人看到那些照片，也许会想快点儿结婚，去努力拥有那样的家庭。

以前并没有什么人在社交媒体上展示幸福，为了展示家庭幸福，最多不过是在贺年卡上印上全家福。但后来因为有人抗议"我不想看到别人的家人"，所以拖家带口的就不得不准备两套贺年片：一种是印有全家福的，另一种则不印。

我年轻时，有家室的朋友告诉我的总是负面信息。

"我和老婆在家里处于分居状态。"

"我们已经几十年没做爱了。"

"孩子完全不听我的话。"

……

以至于我完全不觉得自己想成个家。如今有了社交媒体，人人都可以充分展示"有家的幸福"，家庭旅行、家庭烧烤等活动照让旁观者对家庭越发地憧憬。

然而，正因为时代如此，"结了婚就不能不幸福"的压力也越来越大。我曾见过一则新闻——那个杀死孩子的人，事发数日前还在社交媒体上展示和孩子一起欢笑的照片——实在不理解那种人，既然育儿如此辛苦，甚至到了亲手杀死孩子的程度，又何苦假扮开心？

如果一个人生活，就既没有"不得不幸福"的压力，也不必表现出开心，确实很省心。做做自己喜欢的料理，细嚼慢咽，享受美味而又幸福的时刻，而且不需要把这些都展示出来给别人看。

和家人住在一起却不幸福的人想象着一个人生活的人很可怜，或许这样一来，他们就能获得某种优越感。但一个人生活的人无论幸福或不幸都无需展示给别人看，也不必和别人攀比谁更幸福。

有人会说："但肯定会害怕孤零零地死掉吧？"在我看来，一个人生活的人对于死亡其实并没有太大的恐惧和厌恶。

"孤独而死"这个词其实是被赋予了负面的意思，比如美貌的女演员孤零零地死去后，媒体会蜂拥而至，报道其凄惨的状况。

有些人会产生某种优越感："比起孤零零死去的女演员，我还是幸福的。"我却觉得孤零零死去的女演员其实没有那么凄惨，也并非那么不幸。

可怜着别人孤零零死去的人某一天也有可能会孤零零地死去。当下的社会，这种可能性越来越大。当一个人生活变得"普通"了，一个人死去也会变得"普通"。当相关的社会体系日益完善的时候，一个人死去将会变得理所当然，对于死去的歧视也将会变少吧。

16

假想的家庭

在日本，很多人喜欢从自己家人以外的所在寻求家人般的羁绊。当然，我说的不是"另筑爱巢"。发生婚外恋的人虽然不少，但能给情人一个家，使她得以安心生活的人，现在已经不多了。

我在这里想说的是那种类似反社会组织，也就是黑社会组织里出现的假想的家庭关系。在一些纪实录像里，经常能看到从属于某个组织的人像父子、兄弟一样举杯结拜。"干了这一杯，就是一家人"，以后想要摆脱，会非常麻烦。

演艺圈中也常常能看到这种假想的家庭关系。比如谈到出演同一部剧的某位年长的女演员时，年轻的女演员说："我叫她妈妈，还会在母亲节送给她礼物。"等那位被叫作"妈妈"的女演员过世，仰慕她的后辈女演员哭得好像自己的亲生母亲过世了。

无论是黑社会还是演艺圈，其实都是职场。职场与家庭无关，按公私来说，职场属于公共场域，但还是有很多人试图在职场之中建立家庭式关系。

不仅是黑社会组织或演艺圈这类特殊的职场，即使在一般的公司职场，也能形成假想的家庭氛围。我刚进公司的时候，感觉一个部门就像一个家：部长是父亲，总务像母亲。部门里的普通员工可以按年龄分别为长子、次子……刚进公司的我有一种被当成"小女儿"的感觉。

我自己确实对部长有一种仰慕父亲般的感觉。部长也像宠爱女儿一样,对刚进公司的我极度包容。结果就像女儿机灵地察觉到父亲对自己的包容之后就变得骄纵那样,我在公司里也被惯成了没用的"女儿"(职员)……

在部门或公司找到家的感觉,这是昭和式的记忆。又比如以前的矿山有"一山一家"的说法,很多是家族经营的。在这些地方工作也会产生"因为像家人一样,所以稍微胡闹也没关系"的感觉。

进入平成时代,年轻人作为个人开展工作的意识越来越强烈,职场像家的意识日益淡薄。不过现在似乎有卷土重来之势——员工旅行或员工运动会之类家庭式的活动颇有人气。

现在也一定存在"公司里的父母""公司的女儿""公司里的儿子"这样的关系吧?当然,还有"公司里的妻子/丈夫"这样的关系。这种家人般的亲密感如果能在工作方面发挥作用,倒也无妨,怕就怕逾越了规矩,把这种关系带出公司。

我在二十五岁之前意识到自己"不可能永远摆出一副小女儿的模样",于是决定辞职。不过对于那位"公司里的父亲",辞职后的我依然像尊敬父亲那样尊敬他。

也许因为我对自己的亲生父亲做不到无话不谈,也无法跟他撒娇,所以才会仰慕公司里的父亲。被认为是"恋父"的人有两类,一类是小时候和父亲特别亲,故而长大后喜欢父亲般的男人;还有一类是从小没有父亲,或者虽然有父亲,但父亲的存在感非常低,或者与父亲的关系很疏远……这样的人会不断寻求父亲般的存在。我属于后者。

因为"公司里的父亲"是外人，所以能向他倾诉对家里的父亲绝对说不出口的话。而且公司里的父亲"很会玩"，经常带我去家里的父亲不会带我去的银座"夜世界"。

这些都是为什么在职场中出现"假想的家庭"。人，或多或少都会有无法被真正的家人填补的空虚，也会有只能靠外部的假想的家人来实现的需求。

除了"公司里的父亲"，还有"酒吧里的妈妈（老板娘）"。老板娘会包容那些已经过了向妈妈撒娇年纪的男人的坏情绪，会鼓励他们，是收了酒钱听他们倾诉的存在。日式旅馆的老板娘也同样因此常被喊成"妈妈"。

不止男性会想找"妈妈"。人生路上遭遇迷茫的女儿会向人称"新宿妈妈"（地名+妈妈）之类的占卜师倾诉烦恼，付出金钱，让她们为自己指明人生方向。

有些人也许会说，与其花钱在外面找假想的家人，为什么不对自己真正的家人好一些？事实上，不得不找假想的家人是有理由的。

和真正的家人是一辈子剪不断、理还乱的关系。正因为是真正的家人，所以总是直言不讳，结果伤了感情。

而假想的家人终究是假的，关系再好，也只是外人，可以抛去真正的家人那种黏稠如沉淀物的纠缠，只取表面清新爽口的"家的美味"。酒吧或占卜师"妈妈"都会倾听人们的烦恼，却无需像亲生母亲那样照顾倾诉者的吃喝拉撒。那些"妈妈"虽然有时也会像亲生母亲一样措辞严厉，却不会像有些亲生母亲那样说出简直会否定人性的狠话。不过，在"假想的家庭"这个市场上，"父亲"角色的需求没有"妈妈"的角色多。

无条件地允许撒娇、会做美味食物的"妈妈"永远受欢迎。即使叫"妈妈"的人不是亲儿子或亲女儿，被别人唤"妈妈"的女性也很容易母性泛滥，特别当到了异性不再当自己是女人的年纪，女性可以通过被外人当成"妈妈"而找到新的生存之道。

如果说母亲是拥抱孩子、任其撒娇的存在，那么老派的父亲就是对子女从严教导的形象。等子女踏上社会，就会发现这种严父般的存在到处都是，所以不会有人花钱去找个"老父亲"来骂自己。

在外面有小情人、以"干爹"自居的行为也属于假想的家人，但不同于酒吧里的"妈妈"是收钱的人，"干爹"都是负责掏钱的。想靠当别人的"干爹"赚钱？似乎很难。

人长大以后，失去可以完全依赖、足以庇护自己的父母，会感到非常寂寞。这也许是导致中年危机的原因之一。不过大部分人在这个时期已拥有了自己的孩子，可以通过全身心地投入育儿来忘记这份寂寞。

但像我这种没有孩子的人该怎么办？可以去体验"出租子女"的服务项目，也可以养猫养狗，还可以把亲戚或朋友家的小孩当作自己孩子一样疼爱。

我身边就有一些膝下无孩的朋友把侄女或外甥当作亲生的宠爱。我有侄女，我也疼爱她，但和那些沉迷于此的人相比，我的疼爱方式就非常随意了，而且我也没有抚养过她。

那些把侄女、外甥当作亲生的去疼爱的人有时候会真的把自己当成了孩子的亲生母亲，会训斥孩子，还会对孩子父母的教育方式指手画脚。孩子的亲生父母一定会讨厌这种行为。对多管闲事的"阿姨"，亲生父母表面上也许不会说什么，但背地里肯定皱眉头。每次看到这种情形，我都会深切地感到：对假想的孩子表达爱意，真的很难。

不同于做生意的"妈妈"与客人的关系，阿姨与侄子、外甥之间毕竟有那么点儿血缘关系，很容易当真。但那些没孩子的阿姨越是自认为对侄子好得不行，对方越有可能不领情。所以在向作为"假想的孩子"的侄子、外甥表达爱意时，一定要注意，不能让那份爱变得太过沉重。

畅销书《你想活出怎样的人生》讲述了小哥白尼和舅舅的故事。因为那是舅舅和外甥，所以大家才觉得好。池上彰曾在电视上说：父母与孩子是直线式的上对下关系，舅舅和外甥则是恰到好处的斜向关系。

我很明白那种把侄子或外甥当成自己孩子的心情，但那些阿姨只能是半个外人。对亲戚家的孩子，我们要有作为亲人的爱，也要保持作为外人的距离。

没孩子的人如果想找个"假想的孩子"，还有别的办法，比如通过Plan International Japan（日本国际计划）这样的机构去资助那些海外的穷苦孩子。我因为自己为"少子化"添了负担而感到非常抱歉，所以在做这方面的资助。这种方式的优点在于：无论多努力都不会变成让人透不过气来的"阿姨"。

五十多岁是可以抱孙子的年纪了。我周围确实有不少朋友有了第三代，还会给我看可爱宝宝的照片，向我炫耀。我承认，那种时候我确实觉得"有孙子真好"。

最近很多人都指望奶奶们成为养育孙辈的主力军。等我的朋友都忙着去照顾孙辈之后，也许我会想去找个"假想的孙子"吧。其实现在也是，年轻朋友生了小宝宝给我抱的时候，我会有"自己有了孙子"的错觉。我觉得也许可以为没有孩子、孙子的人开设类似宠物咖啡馆的"孙子咖啡馆"。苦于育儿的父母可以带孩子来到这样的咖啡馆，没有孙辈或孙辈不在身边的人可以在这里抱抱小宝宝，也让做父母的喘口气。

现在果真有"出租家人"这种生意。比如有人会租借家人参加婚礼。还有"租借大叔"的话题，最近上了热搜。这么看来，如今的"干爹"也可以赚钱了。

在大多数人都会结婚的时代，家人是"理所当然"的存在。但当结婚变得越来越难，家人就成了奢侈品。"只要有，就够幸运"的家人正变得越来越少。要是有父亲动拳头打妻儿或母亲对孩子过于严厉，马上会有人声称"家暴"或"问题父母"。换言之，家人的质量正受到越来越多的质疑。

没有家人或对家人心存不满的人很容易去外面找寻类似家人的存在。职场、酒吧、网络、幻想……人们在各种场合收集"假想的家庭"的"布片"缝制在一起，借此享受"有家的感觉"。我突然想到一种体系，可以不用这么麻烦就能享受家的气氛——基督教。祈祷就是以"天父啊，请用我们的祷告……"开始的。基督教的神就是众人的父亲。信徒们不用去租借，就可以有理想的父亲。

基督教里的母亲应该是玛利亚。玛利亚是耶稣的母亲，因以处女身怀胎而被奉为圣母（不知道她生产后是否有性行为）。信徒们不必为了让酒吧里的"妈妈"听自己发牢骚而被榨取钱财，因为圣母玛利亚在任何时候都会免费听信徒诉苦。

人类这种生物应该从很久以前就需要亲生父母以外的爸爸妈妈，否则基督教之类的宗教怎么可能诞生？

顺便说一句，我那位"公司里的父亲"在我的亲生父亲过世后没多久也过世了。生父和"公司里的父亲"过世后，我赫然意识到，年龄可以做我父亲的男性已经不再是庇护我的存在，而是需要我去照顾的存在了。

现在自己付钱吃寿司的时候多少有些寂寞，想当年，"寿司都是父亲或是父亲般的人买单"。但我完全没有打算去相信天父，不是因为神不会请我吃寿司，而是因为我已经完全是个成年人了。

17

何谓事实婚姻？

我和没有婚姻关系的同居男人一起去看电影时总会使用"五十岁以上夫妇优惠券"。但凡夫妇俩任何一人过了五十岁，就能同时享受一千一百日元一张的优惠电影票价。没有优惠的电影票，票面价一千八百日元。两个人每次合计能省下一千四百日元，没理由不使用这种优惠券。

在法律意义上，我俩不是夫妇关系，严格说来不能使用这种优惠券。不曾向国家郑重表示"我俩已完成登记，结为夫妇"，其实不应该享有以优惠价看电影的权利。

然而，电影院里并没有人提问："你们真的是夫妇吗？有没有能够证明你俩婚姻关系的文件？"即使是五十多岁的中年男子和二十多岁模样的女孩一起来看电影，也不会有人提问："你们真的是夫妇吗？不是搞婚外恋？"

实际上，我曾出于尝试的心态，和一位五十多岁的女性朋友一起使用"五十岁以上夫妇优惠券"去看电影，当时也根本没有人提出质疑。我那时觉得是如今流行的性少数派观念在日本的影响已然非常严重，以至于没人对夫妇俩的性别或两个人是否真的存在婚姻关系而多说什么（我要对电影院说声"抱歉"——明明只是朋友，却冒充夫妇使用了你们只提供给夫妇的优惠券）。

像我们这种没有婚姻关系的同居方式被称作事实婚姻，以前被称作"内缘"①，但"内缘"这个词给人以阴湿的印象——正经人都会光明磊落地去结婚，"内缘"给人的感觉好像是背地里偷偷地与别人发生了关系。

很久以前，电视新闻报道某女子被杀案时使用的表述是："警方将被害人的内缘丈夫以杀人罪名予以逮捕……"听起来仿佛在暗示：内缘丈夫一定会杀掉内缘妻子……

如今，对于没有婚姻关系的同居男女之间发生的杀人事件，新闻不会再使用"内缘"这个词，而是使用"与其同居的男性"等诸如此类的表述。不知从何时起，"内缘"成了应该尽量避免使用的词汇。

"内缘"的"内"，是"内部保密"②的"内"，意思是这种关系不得不保密，才会给人以阴湿的印象。

如今这样的关系已经变得很普通，越来越多的人不再把事实婚姻当作"内部秘密"，婚姻关系以外的关系都是不正经关系的想法已成过去。

比如简·苏③故意把"内缘"所带有的昭和式黑暗、阴湿感用作反语，把同居男人称作"内缘大叔"。我喜欢这种说法，有时候会借来用用。

"我的伴侣"这个词汇，日本人比较难说出口。相形之下，

---

① 19世纪后期，日本《民法典》颁布之后产生了"内缘婚"，即事实婚姻。
② 此处原文为日文汉字"内密"，意为私底下、不公开。
③ 原文为"Jane Su"，日本音乐制作人、作词家。

"内缘大叔"听起来像是在说笑，可以轻松地说出口。

虽然没有做过统计，但看看我身边的同龄人，不少都是在法律上属于单身而事实上有伴侣——法律上的身份是单身，但并非一个人过。这样的有很多。

凭什么判断是否属于事实婚姻？这一标准仍比较暧昧。有些人举行了婚礼，也经常拜访双方父母家，却因为对日本的婚姻制度存有异议而选择不去领结婚证；有些人是稀里糊涂地住到一起的，时间久了，日子已经过得宛如夫妇了；有些人是瞒着周围的亲友，私底下与别人同居的……事实婚姻的类型可谓形形色色，其中比例比较高的应该是第二种：不知怎么就住在了一起，像夫妇那样过活。

我也属于这种类型。从没有刻意地对外宣扬过，但周围的朋友大多都知道。虽然也可以称作"同居情侣"，但感觉这个词更适合形容年轻人。中年伴侣之间没什么性爱气氛了，不是活色生香地同居，最多只是同住。

周围那些正儿八经地结了婚的朋友很难看懂我这种"稀里糊涂地住到一起"的情况。依法领取结婚证的人都是做好了充分的心理准备才去结婚的。他们有一种自信，因此看到那些明明已经老大不小却稀里糊涂地住在一起、没心没肺地过日子的伴侣会感到不解。

那些朋友问我最多的是："为什么不结婚？"其实我也试着想过为什么，结果最大的理由是："太麻烦"和"不领证也没什么不方便"。

在事实婚姻的伴侣中，几乎看不到女方无职业或没有经济能力的情况。打算做全职主妇的女性打从一开始就会使用各种方法去努力实现目的，而选择事实婚姻的女性则很多都喜欢出去工作。年轻时没有走到结婚那一步，到了一定的年纪，人开始安定下来，觉得一个人有点儿寂寞，于是和交往的对象无意间住在了一起，渐渐地……

和"正式地结了婚"而获得了某种名分相比，选择事实婚姻的女性更看重"和谁一起同住"这个事实。我总觉得，到了这把年纪再去领证结婚会很麻烦，但又想有个伴儿，于是选择了事实婚姻。

很多日本人被问到"结婚的意义"时会回答：为了孩子。按照现如今的婚姻制度，如果没有领结婚证却生了孩子，就只能算是非婚生子。如果父亲不承认，就不存在亲子关系。为了让孩子有个名分，女人就需要结婚。

因而选择事实婚姻的大多是中年人。如果是迫切地想生孩子的年轻女性，即使暂时和别人处于同居状态，也会想尽一切办法走进婚姻。如果在同居时怀了孕，就顺理成章地奉子成婚（如今大家都尽量不提这个词，而是以"可喜可贺婚""有喜婚"这种说法来代替）。

除了想要孩子，年轻人对婚姻怀有憧憬还有另一个理由。有些人会因为"想穿婚纱"这一单纯的想法而想结婚，还有些三十多岁的女性会为了向周围的人证明"我仍然可以结婚"而选择领结婚证。

相比之下，我这样的中年人已经失去了对婚姻的憧憬，年龄方面也不允许我有生孩子的想法了，才会觉得："还有必要去领证吗？"

如果事实婚姻中的一方或双方都有离婚史，就更会认为"领证这种事已经受够了"。万一之前的婚姻还留下小孩，就会更麻烦——因为会发生经济方面的纠纷——因而更加不会选择领证。

还有人是因为不希望双方的家庭发生往来而选择事实婚姻。人到中年，领证结婚后，中年女性一下子成了人家的儿媳妇，要在对方的家人面前接受评价……想想就头疼，万一应对不妥还会被当成是贪图对方的钱财。当然，中年男子一下子成了别人女婿的情形也是一样。

中年人又被叫作"看护的一代"，这也是中年人不愿领证的原因之一。如果对方的父母年老体弱，甚至到了即将过世之际，领了证的配偶就不可能事不关己、不理不问。事实婚姻的双方虽然会互相帮助，但并不插手对方的家事，既不出力也不花钱。自家的事情自己做——因为是这样的关系，所以双方都会自在。

我的事实婚姻始于我的父母过世之后。对方的父母当时还健在，但我从没伺候过对方的父母；他们病危时，我也没有跑去医院。虽然不直接插手，但在对方感到疲惫或意志消沉时会给予安慰，让对方觉得"还好我不是一个人"。

人到中年之后，父母也不再强迫子女结婚了。年轻时常常追问"没有人追求你吗"的父母等女儿到了中年就会改口说："与其现在所嫁非人，不如就这样留在家里照顾我吧。"有一位选择了事实婚姻的朋友曾告诉我：

"我母亲对我说，求你了，怎样都行，只要不领证结婚。因为我父亲去世了，如果我嫁人，她就会很寂寞。我非常理解她的心情，因此不打算领证结婚。"

对中年人而言，事实婚姻是比较舒服的状态，甚至有已婚的朋友羡慕我：

"像你这样真好。"

"既有丈夫，又不必当别人的儿媳，这简直太好了。"

确实，这种状态是省心了。如果我们是法律上的夫妇，就会彼此期待"这是丈夫/妻子应该做的"。如果对方没有做，就会感觉遭背叛，导致关系恶化。如果还有孩子，就更会如此了。

事实婚姻的双方不是丈夫或妻子，因而不大会期待"你应该这么做"，最多一起吃吃饭、看看电视、聊聊"今天遇到个怪人"之类的闲话。关系轻松，也不奢求。

此外，也因为各自在经济上独立，即使对方突然说辞了职要去"创业"，也可以不去束缚对方，任其自由行事。但如果是全职主妇，就一定会发疯、失控："为什么没和我商量？！"

我觉得"期待"是幸福婚姻最大的敌人。事实婚姻的双方没有过多的"期待"，故而可以保持良好的关系。既然没有丈夫或妻子的头衔，就不会出现诸如下述烦心事：

"因为你是我老婆，所以过年要跟我回老家。"

"因为你是我丈夫，所以应该由你来养家。"

……

当然，事实婚姻也存在着风险。因为不是丈夫或妻子，所以会被世人当作"不正经的人"在做"不像样的事"。而且，一旦生病或到了濒死之际，因为彼此不是法律上的配偶，很多事也会比较麻烦。比如我曾听说：事实婚姻的一方生病住院，需要动手术，但因为没有结婚，所以没法跟任职的公司请看护假，结果两人为此去办了结婚手续。

不过，手术同意书倒不一定要由法律上的配偶来签字，毕竟以后会有越来越多的人没有法律意义上的家人，这些人一旦生病或到了濒死之际，就必须灵活应对。总之，我自己会抱着"想看看继续同居下去会怎样"的试验心态，维持现状。

在欧洲，比如法国，有《公民同居协议》①之类的制度，无论同性或异性，共同生活的人都可以获得等同于配偶的权利。据说在这些国家，没有婚姻关系的男女所生的孩子已超过了新生儿的半数。

在今天的日本，除非是意志特别强大的人，否则不会选择非婚生子。我觉得这也是导致"少子化"的原因之一。如果日本也有《公民同居协议》这类制度就好了。

如果存在那样的制度，能享受事实婚姻的就不再只有中年人，年轻人也可以抱着试试看的心态和别人共同生活，即使怀孕，也不会只有"要么流产要么奉子成婚"这两种艰难的选项，而是可以试着生下来好好养育。

然而估计日本短时期内不会有这种制度吧，毕竟在当代日本，哪怕婚后不冠夫姓，也依然会被批评"没有身为一家人的一体感、纽带感"。推广事实婚姻制度将会进一步瓦解国家所推崇的家族群像。在日本建立这种制度或许只能是梦想。

---

① 法国于1999年推出的民事互助协议（PACS）。

可是这世上有很多夫妇只是使用同一个姓氏^①而已，心却早已不在一起。很多日本夫妇从二人同姓的那一瞬间起就不再努力加深"一体感"了。也许国家会认为：比起姓氏不同却相亲相爱的事实婚姻伴侣，姓氏相同却在家里分居的夫妻更能维护国家的利益。

只有被法律认可的人才是真正的家人。这是日本这个国家的想法。但像我这样的人也有友军，虽然不多。已故作家渡边淳一曾在2011年出版《在一起，不结婚：爱的新形式》。我读到这本书顿觉眼前一亮。渡边先生曾拥有受法律保护的婚姻关系，却在看透种种男女关系后感慨"心心相映的实质婚姻更重要"。

也许渡边先生长年承受了法律婚姻之苦，想获得解脱吧？也许他在写下这本书的时候已经尝到了事实婚姻的甜头吧？

在日本，很多人即使对形同虚设的法律婚姻感到厌烦，也会因为孩子、金钱或名声而选择维持。正因为如此，哪怕没有《公民同居协议》之类的制度，想要避开法律婚姻的条条框框而选择事实婚姻的人应该也会越来越多。与其在法律婚姻的高门槛前徘徊失措，不如轻轻松松找个看上去还不错的人相伴相依。我觉得这才是真正能够维护国家利益的行为。

---

① 因日本女性结婚后改用丈夫的姓氏，这里指维持夫妇关系的表面形式。

18
新的家人

　　以前，结婚是所有人都会做、都能做的事，但因为如今走到那一步变得很艰难，要保持婚姻长长久久更是难上加难，所以越来越多的人选择在结婚前停下脚步。

　　在以自由恋爱结婚为主流的时代，如果没有较高的恋爱能力，那么即使想结婚也结不成。以前，即使年轻人不擅长恋爱，父母或亲戚也会为他们寻找适合结婚的人，以此确保"所有公民都结婚"。但当人们开始叫嚷"不要硬塞给我！我要自己找结婚对象！"之后，自由恋爱结婚成为主流，能否结婚就只能全部由自己负责了。父母、亲戚、近邻的婆婆妈妈们再也没法伸出援助之手，这也是单身者日益增加的主要原因之一。

　　不过看看周围，很多人还是会感觉"大部分人都结婚了"，多数派还是会选择被法律承认的婚姻形式。

　　我们很容易把半数以上的人所做的事情当成"大家都在做"的事情，还会认为之所以"大家都在做"，是因为很简单，大家都能做到。但以我迄今为止的人生经验来判断，"大家都在做"的事情，大多数一点儿都不简单。

　　比如升学考试、毕业就职，还有考驾照之类的，如果觉得这是"大家都在做"的事情，因而轻敌大意，就一定会很倒霉。

"大家都在做"的事情仿佛成人礼的考验，不付出相当大的努力、没有足够强大的韧劲，就根本不可能做成。

结婚也是一样。以为大家都可以，所以我也一定可以，这种想法太过天真。如果不以为然，不在结婚这件事上付出与在工作上同等的努力，一眨眼的工夫，就会成了为"终身未婚率"做贡献的存在。

所谓"终身未婚率"，是指五十岁以前一次婚姻都没有的公民的比例。2015年的数据显示，大约23%的日本男性、大约14%的日本女性是终身未婚者。这一数据涵盖了那些拥有事实婚姻的人。遥想当初年号刚刚改成平成的1989年，男女终身未婚者总共占5%，由此可见，这一比例的增幅有多迅猛、多严重。

有太多原因导致终身未婚率上升，比如经济下行、不擅长恋爱的人越来越多，等等。估计这个数字今后还会继续攀升，"每个人都会结婚"的想法已成为历史。

所以我觉得，还是应该在制度上有所宽松，让更多人更容易去寻找伴侣。如上文所述，让事实婚姻的伴侣在法律上也拥有法律婚姻中配偶的权利。

今时今日，众所周知，伴侣不再仅限于男女。这几年，"性少数派"成为热议的话题。这个世界上并非所有人出生时的性别都与自我认知的性别相一致，也并非所有人都喜欢异性。

胜间和代[1]曾公开表明自己与同性交往。我认识的一位知识女性A看了新闻报道后说："我可能也会这样。"虽然她迄今为止

---

[1]　日本女性财经评论家。

只和异性交往过，却表示"仔细想来，我和同性也可以"。她以前读女校，曾对同性萌生过爱意，而且这种感觉至今依然存在，所以她觉得自己今后的伴侣未必是异性。"和男人的那些事基本上都经历过了。今后若能在新领域收获快乐，应该也不错。"

另一位朋友B看了关于胜间和代的报道之后表示："我觉得老了以后和同性一起生活也挺好。"但她是异性恋者，和A不同，她觉得自己不可能对同性产生恋爱的感情。

听了B关于会考虑"和同性一起生活"的想法，我突然好似醍醐灌顶：原来还可以这样。

我本来是很坚持传统的人，曾以为夫妇等于法律婚姻。后来因为受不了这种制度，所以改变想法，觉得所有伴侣都可以不选择法律婚姻。了解性少数派之后，我进一步认识到伴侣不一定是异性，却依然偏执地认为伴侣之间一定要有性行为。

在日本，很多夫妇长达数十年过着无性婚姻生活。婚龄或交往时间较长的伴侣也很少有一直进行性行为的。

我曾以为，即使现在是无性伴侣，之前也肯定有过性行为。若不以性行为作为前提，两个人就不可能走到一起。无论异性伴侣还是同性伴侣，都肯定是曾经被性吸引，才会一起生活。

但是现在我意识到以前的想法太过狭隘。无论异性还是同性，无论是否发生过性行为，都存在想和对方一起生活的可能。这样的两个人既可以选择受法律保护的婚姻，也可以选择事实婚姻，成为互为家人般的存在。

按照传统的想法，家人是指通过生孩子让家延续下去的集合体，所以伴侣之间的性行为是联结彼此、不可缺少的重要部分。

但是性欲的多少、性行为的指向其实因人而异。在这个可能有的人一辈子都没法碰到"对的人"的时代，性和生活完全可以分开考虑。

与他人一起生活意味着共同拥有活着的酸甜苦辣。没洗的内裤、起床时毫无防备的面容、洗手间的异味……全都无法隐瞒。如果能找到一个能完全与自己坦诚相见的性爱对象一起生活自然是再理想不过，但如果有一个不是特别想做爱但可以一起生活的人其实也可以。不少夫妇都是因为先被性吸引而结婚，后来却厌倦了与对方的性生活，最终因为在生活方面完全不合拍而离婚。相比之下，虽然彼此的性吸引力不强但生活节奏合拍的伴侣占多数。

高中时代，我曾向好友提议：

"长大以后要不要一起过？"

在时髦的公寓里一起做饭，偶尔叫对方的男朋友也过来一起聚餐……想想都快乐。

性成熟之后，我曾痴迷男色，完全忘了当年的提议。但是在我周围，有些人已经实现了这样的梦想，和好友一起过着时髦的生活：因为双方都是异性恋者，所以没有性爱关系；因为生活节奏合拍，所以可以持续地共同生活下去。

我曾以为伴侣之间理所当然要有性生活，但看到她们之后才意识到：没有也可以。

特别是到了中老年，这种倾向就更加强烈了。由于以前经历过各种性体验，所以很多人在找寻伴侣时不再追求性事，至于其中是否仍有恋爱的情感，我觉得每对伴侣各不相同。不再去想是否可以和这个人做爱，而是考虑能否和这个人每天一起吃饭……如此一来，寻找伴侣的门槛也许会降低一些。

我以为，等我变成高龄者，一定会有更多家庭形态出现。法定夫妇生下延续血脉的孩子，这类传统家庭当然不可能消亡——为了完成"留下子孙"这项自古以来的家庭使命，缔结法定婚姻的男女绵延子嗣这一形态仍将会作为标准的正确答案存续下去。

然而，脱离了标准的正确答案或刻意放弃正确答案的人可以更自由地组建自己想要的家庭，比如异性或同性之间成为伴侣，但其中没有性爱成分。孩子可以在伴侣之间诞生，也可以是某一方亲生的，甚至可以是领养的。

完全没有性爱的两个异性恋者成为伴侣应该会变得普遍，比如一方的原配过世，不再有与其他人发生性行为的念头，但又想找个人共同生活；比如总觉得和异性一起生活更舒服，于是找到少年时"比朋友亲密但又不是恋人"的旧友共同生活……

不仅是中老年人，年轻人也有可能朝这个方向发展。越来越多的年轻人因为嫌"太麻烦"而拒绝恋爱，因为感觉"很恶心"而远离性爱，也许年轻群体中也会出现不同于室友或假结婚、没有性爱的固定伴侣。

保守派政治家应该不喜欢这种无性家庭吧？因为无性，所以没法生孩子。这样的家庭越多，对增强日本国力的贡献就越小。

但我觉得，今后生孩子的方式也会有所变化。夫妻做爱生子是一种；无性伴侣之间也可能会有"不想做爱，但想生个孩子"

的想法。村田沙耶香①小说中那样没有性爱也可以生孩子的方式或许将会增多。

保守派政治家甚至会反对妻不从夫姓，认为如果夫妇不同姓，将会使得家庭的"一体感"消失。但我觉得，"一家人"的意识和"一体感"的共识并非只要同姓就可以获得。以前只能和受到国家法律认可的家人一起生活，以后只要自己觉得是家人，想和谁过都由自己决定。

即便别人觉得"这不算是个家"也无所谓。无论对方是异性还是同性，无论是否存在法定婚姻、是否有性生活，我都会和自认为"还不错"的那个人一起生活下去，如此而已。

家，确实是个好东西，但如果将其作为唯一的幸福形态，就会令人感到窒息。能够将人与人相联的不仅是生殖器。没有生殖器接触的性爱、没有性爱的情感、无性爱无情欲但有经济保障、没有经济保障但食物的口味一致……人与人联结的缘由各有不同。如果能认同通过多种方式结合在一起的所有人，日本这个国家也许可以变得更轻松一些。

---

① 日本小说家、散文家。

结　语

　　成年后的我意识到，家人不是理所当然的存在。原生家庭的家人会衰老、死亡。若想拥有新的家人，就必须靠自己的能力去结婚、生孩、育孩……其中任何一个环节都不可能是轻而易举、信手拈来的。

　　父母为了维持这个家，付出了各种各样的辛劳。我家虽然也曾出现过问题，但最终并没有分裂。如今这个家已处于自然消亡状态，不知九泉之下的父母心情如何。

　　家人不是理所当然的存在。

　　人类在远古时代就发现了这个事实。古往今来，人类穷尽宗教、法律等手段，竭力使得"不结婚生子枉为人"的观念深入人心。

　　日本也不例外。

　　但越来越多的人像我这样选择从传统家庭中叛逃，逃避家庭的严苛束缚。

　　二战前，日本是严格的父权体制；战时，国家号召每个家庭要生五个以上的孩子；战后，"在外工作的丈夫、在家操持的全职主妇和两个孩子"成了模范家庭。一直以来，日本都是结合着国家发展的需求，为国民制定"国家推荐"的理想家庭模式。生活在这样的条条框框下，虽然会很憋屈，要忍受很多事，但毕竟只要适应了这种环境，就能活下去。

然而现在越来越多的人不想被束缚，选择逃离，而且发现在条条框框之外也可以好好活下去。虽然有人在制造新的条条框框，但也有人选择一辈子与这些条条框框无缘。

另一方面，"男女伴侣结婚生子"这种传统的法定家庭正在被越来越多的人重新接受，很多年轻人开始想要趁年轻早点儿结婚。最近看到那些相亲相爱的小家庭，我切实感受到：真的和我小时候不一样了。

对家的印象，现在是一分为二。好似一座围城，城外的人越发厌恶传统的束缚，想要逃离；城里的人越发意识到自己受了保护，想进一步加固城池。

在政治的世界里，在很多地方，都能看到这样的现象：革新的力量一旦增强，保守的势力就会反弹，进而掌权。在家这个场域中也发生着类似的情况。

今后，随着家庭保守派的力量进一步增强，逃离的人会成为一种特殊的存在吗？随着家庭多样化的发展，法定婚姻会仅仅是众多家庭模式中的一种吗？没有人知道日本会朝哪个方向发展，但我觉得，后者的世界可能会让更多人轻松些。

现在的年轻人常常把"感谢父母"挂在嘴边。想到我的父母在世的时候，我从没有好好地感谢过他们，如今我重新审视"家"这个命题，实在非常感谢把我放在家这个安全的框框内养大的父母。我每天都会对着佛坛喃喃地说"谢谢"。我已经无法组建传统意义上的家庭了，为此，我深感罪孽。在这样的自己身上，我每天都能看到日本人的特点。

最后要感谢以装帧表现出家庭危机感的寄藤文平和铃木千佳子，以及给予我机会思考家、家人和家庭这些命题的今野加寿子（集英社）。也感谢把这本书读到最后的诸位。

酒井顺子

2019年春